Marc Dugain

L'insomnie
des étoiles

Gallimard

Marc Dugain est né au Sénégal en 1957. Après des études de sciences politiques et de finance, il a exercé différentes fonctions dans la finance et le transport aérien avant de se consacrer à l'écriture.

La chambre des officiers, son premier roman, paru en 1998, a reçu dix-huit prix littéraires, dont le prix des Libraires, le prix Nimier et le prix des Deux-Magots. Il a été traduit en Allemagne, en Grande-Bretagne et aux États-Unis. L'adaptation cinématographique de François Dupeyron a représenté la France au festival de Cannes et a reçu deux Césars. Après *Campagne anglaise* et *Heureux comme Dieu en France*, prix du meilleur roman français 2002 en Chine, il signe avec *La malédiction d'Edgar* un portrait fascinant de J. Edgar Hoover. En 2010, il réalise et porte à l'écran *Une exécution ordinaire*. Après un recueil d'histoires salué par la critique, *En bas, les nuages*, Marc Dugain signe avec *L'insomnie des étoiles* son sixième roman.

I

« Comment ai-je pu oublier, se dit Maria, c'est inadmissible. Je ne peux m'en prendre qu'à moi-même. » Elle aurait voulu se gifler. Mais le froid s'en chargeait pour elle. Le début d'automne, timide et clément, s'était effacé pour laisser place à des journées glaciales. Il lui fallait déambuler dans les bois, courbée, le nez au ras du sol. À moins d'un mètre, elle n'y voyait pour ainsi dire que des ombres, des esquisses de formes surprenantes, parfois inquiétantes. Des visages se dessinaient dans la terre et leurs yeux immobiles et sévères se posaient sur elle avant de disparaître. Ces caricatures jonchaient le sol par centaines et, si son humeur l'y prédisposait, elle s'amusait à les effacer.

En cette fin d'automne, les couleurs s'étaient uniformisées, la nature se camouflait. Il n'avait pas plu depuis deux jours, mais la terre suintait. Maria était aux aguets. Si les branches craquaient sous ses pieds, elle pouvait les ramasser. Celles qui se contentaient de grincer étaient encore trop vertes. Les dernières feuilles accrochées aux arbres tremblaient dans la brise. Rien ne cherchait plus à se distinguer, tout s'accordait à l'unisson dans un concert funèbre et plat. Maria souffrait de toutes ses extrémités. Elle avait apprivoisé ces douleurs tenaces qui ne lui laissaient de répit que la nuit.

L'allée du bois conduisait à une plaine qui se confondait avec l'horizon. Elle fumait par endroits d'une brume légère et suspendue qui s'étirait parfois en d'étranges contorsions. Là où il y a encore quelques années on trouvait des cultures ordonnées, une steppe timide recouvrait ces longues étendues sans reliefs.

Chaque fois que Maria se penchait pour faire ses fagots, un filet au goût âcre, un mélange de sang et de salive lui coulait dans la bouche. Elle se relevait brusquement pour cracher. De temps en temps elle observait la lumière. À cette époque, le jour ne se levait jamais vraiment et se couchait avec la lenteur d'un grand malade.

L'adolescente parvint à ficeler une dizaine de fagots de bonne taille avant que la nuit ne lui impose cette oisiveté qu'elle redoutait au point de lui donner des palpitations. Avant que l'obscurité ne l'enferme tout à fait, elle allumait son feu dans un poêle en fonte né avec le siècle. Elle se blottissait près de cette forme qui prenait dans la pénombre des allures magistrales, imposant aux objets de la cuisine une autorité qui ne se desserrait qu'aux premières heures de la journée. Elle dormait dans un fauteuil à oreillettes où s'asseyait autrefois son arrière-grand-mère, une femme aux traits masculins. Sans ses cheveux gris ivoire tirés en chignon, rien ne la distinguait d'un homme, si ce n'est bien sûr sa robe noire épaisse qui traversait les saisons. De sa voix, Maria ne gardait aucun souvenir car la vieille femme prenait soin d'ordonner sans parler, d'un regard dur que percevaient même ceux qui lui tournaient le dos.

Maria dormait assise et se rapprochait du poêle pendant la nuit à mesure que la chaleur s'atténuait. Au petit matin, quand un premier rayon de lumière perçait le ciel, elle le ranimait avec deux grosses bûches qui se consumaient au cours de la matinée. Elle chassait les engourdissements en se rendant près des chevaux, deux grands oldenburgs efflanqués.

À l'aube, ils s'avançaient contre la barrière en quête d'une ration qui ne venait plus depuis des années. La force de l'habitude, même déçue, les rassurait. Si Maria s'approchait d'eux, ils fuyaient ses caresses et se retournaient dépités pour disparaître dans un voile gris lointain où ils vaquaient jusqu'au lendemain, sachant que personne ne viendrait les y chercher. Parfois, elle s'essayait à leur parler, pour s'assurer que sa propre voix ne s'était pas éteinte. Mais elle ne savait pas quoi leur dire et les quelques mots prononcés finissaient par mourir d'eux-mêmes. Dans son monde infini et clos, il ne restait que ces deux êtres vivants, deux égoïstes rassurants, deux crève-la-faim aux yeux exorbités. Elle ne leur gardait aucune rancune de l'avoir retirée du monde. « Il existe d'apparentes coïncidences, se disait-elle, qui ne sont que l'expression d'un ordre qui me dépasse. » D'ordinaire, lorsqu'elle saluait les chevaux, ils restaient de l'autre côté de la clôture et se contentaient d'une tape sur le chanfrein. Mais, ce jour-là, elle se tenait entre les animaux car le plus âgé des deux souffrait au jarret d'un des postérieurs. Elle s'était baissée pour juger de la gravité de la blessure. Rassurée, elle s'était relevée alors qu'un roulement de tambour inhabituel montait dans le ciel. Les chevaux apeurés avaient fui en la bousculant. Ses grosses lunettes étaient tombées dans la boue, une boue qu'elle avait fouillée en vain. Peut-être ne voyait-elle pas assez pour les retrouver. Quelques minutes après le grand bruit, le ciel s'était embrasé au loin et de sourdes détonations résonnaient contre les murs de la ferme.

Dans le silence retrouvé, un silence étrange qui avait aspiré tous les bruits de la campagne, une menace flottait. De sa vue troublée, l'adolescente avait scruté longuement l'horizon, mais rien ne bougeait. Ce n'est qu'un peu plus tard, vers ce qui devait être la mi-journée que l'eau s'était mise à monter dans un mouvement d'une lenteur effrayante. Affaiblie par la faim, elle s'était assise en haut de l'escalier qui menait à la grange. Elle se félicita d'avoir déménagé à l'étage de cette bâtisse, bien des semaines auparavant, les provisions de pommes de terre et d'oignons. À l'époque, elle n'avait pas pensé à l'inondation, mais à l'humidité qui change les bonnes choses en pourriture. L'eau, assez haute pour transformer la cour de la ferme et ses alentours en un immense cloaque, s'était soudain fatiguée de son ascension. Une semaine avait été nécessaire au sol pour la boire, une semaine pendant laquelle Maria s'était cloîtrée dans le grenier de la grange, sans chauffage mais au sec. Les deux pommes de terre et l'oignon qu'elle s'autorisait chaque jour, elle les avait mangés crus, provoquant des flux d'acidité qui l'empêchaient de réfléchir. Dans la torpeur délirante de la faim, elle évitait de construire ses pensées. Seule exception à ce principe d'économie, elle se forçait à compter les jours qui la séparaient de la dernière lettre de son père, et les jours de nourriture qui lui restaient. La nourriture chaude revenue, elle se souvint d'une phrase que son père répétait à qui voulait l'entendre aux beaux jours : « Leur barrage peut bien céder, nous resterons les pieds au sec. L'eau n'atteindra jamais les hauteurs de nos terres, elle les transformera en île, mais à part les deux hectares du versant ouest, on ne pâtira de rien. » Son père n'était pas contre le barrage, il contestait seulement sa position trop en aval du fleuve, exposée à la surcharge d'eau lors des grandes pluies d'automne et du printemps.

Quand elle suspecta la décrue d'être terminée, elle partit visiter le bout des terres et vérifier le bien-fondé de la prophétie de son père. Elle marcha un bon quart d'heure, avare de ses

forces. Une rangée de peupliers blêmes et fris-
sonnants obturait l'horizon. Elle découvrit à
perte de vue un océan couleur de plomb fondu
où quelques arbres survivaient sans gloire. Des
objets flottaient à demi recouverts de boue et il
lui sembla que certains d'entre eux avaient pu
être des formes vivantes mais elle n'en était pas
sûre. Une barque dérivait, freinée par un magma
brun et noir. « Ils ont maintenant de bonnes raisons de ne plus m'apporter de nouvelles de mon
père », se dit-elle dans un sursaut de lucidité
comme si les événements venaient de s'harmo-
niser avec sa propre réalité. Puis elle rebroussa
chemin et rentra encore plus doucement car
nulle curiosité ne l'attendait cette fois.

Ni la fin de l'automne ni le plein hiver ne
parvinrent à départager le ciel de la terre. Les
plaines inondées exhalèrent une odeur qui
venait de l'au-delà, âcre, poisseuse, douce et
trompeuse qui remontait par vagues écœu-
rantes. Le vent d'est s'installa durablement
après les premières neiges, un vent qui lui ramenait le souvenir de son père de retour des
champs tout imprégné de la senteur lourde et
glacée de la terre retournée.

II

Les lettres de son père étaient rangées par ordre d'arrivée dans un grand secrétaire bancal en bois sombre et de facture grossière. L'adolescente l'avait poussé près du poêle pour le protéger de l'humidité. Les lettres avaient été disposées sur la dernière étagère. Elle n'en avait ouvert que deux, les deux premières. Les autres étaient restées cachetées et soigneusement empilées à mesure qu'elle les recevait. Une fois ses lunettes perdues, Maria avait renoncé à lire. Profitant de ses longues journées de désœuvrement, elle avait essayé de se fabriquer une loupe avec du verre de bouteille, mais cela ne produisait qu'une déformation surréaliste des mots. « Mon père ne peut pas m'annoncer sa propre mort », s'était-elle dit pour se réconforter. Elle avait décidé de patienter jusqu'au jour où les conditions lui permettraient de se procurer de nouveaux verres épais à monture noire qui avaient fait d'elle autrefois la risée de ses camarades d'école. Des quolibets douloureux resurgissaient, réveillant la nostalgie d'un temps révolu. Ce temps-là était pourtant bien le sien, celui d'un monde familier et domestiqué proche du bonheur. Celui qu'elle vivait maintenant ne disait rien sur ce qu'il était et où il la conduisait. « La faim, le froid et la solitude, pensait-elle, ne sont pas mes ennemis. Ils sont comme moi les victimes d'une situation qui n'a pas encore révélé son sens. Je ne peux pas leur en vouloir, car ce sont des camarades d'infortune qui n'ont rien contre moi. » L'adolescente n'avait pas tous les jours cette sagesse. Parfois elle se relevait la nuit et, à la lueur d'une lampe à huile, elle s'acharnait à lire ce qui se refusait à elle. Elle était alors tentée de pleurer d'impuissance. Mais une phrase de son père lui revenait immédiatement à l'esprit : « Les pleurs sont l'incontinence des faibles », et ces paroles la dissuadaient de céder à l'abattement.

Elle se souvenait par cœur des deux premières lettres et de l'application de son père à n'y rien dire d'important. La première page commençait par une leçon de géographie ambitieuse et vague. Un point sur les conditions climatiques s'y ajoutait. Puis venaient quelques commentaires échevelés sur sa vie quotidienne, suivis de recommandations pratiques. Il lui enjoignait, si elle ne l'avait pas déjà fait, d'aller chez sa tante, en ville. La question s'était posée un moment, mais son actualité s'était érodée faute de moyens appropriés pour quitter la lande spongieuse. Maria n'avait jamais eu l'idée de rejoindre la ville car elle en avait peur depuis toujours. Elle n'imaginait pas non plus quitter la ferme. Les deux employés étaient partis les premiers. Longtemps après, dans la mesure où la notion de temps avait encore un sens, son père l'avait quittée. Une voiture était venue le chercher. Il l'avait attendue, dans son uniforme trop grand qui lui faisait tomber les épaules, alors qu'une confusion fébrile jetait de drôles d'ombres sur son visage ridé.

III

Un matin une voiture civile pénétra dans la cour de la ferme. Son dernier virage se fit avec une lenteur étudiée. Les portes furent longues à s'ouvrir. Deux hommes qui craignaient de se mouiller les pieds en sortirent en pardessus et chapeau avec une mine sinistre que Maria observa, intriguée. Une fois déplié, le conducteur monta sur le marchepied pour examiner les lieux. Puis il tira sur les pans de son manteau en avançant vers Maria. Le second homme le rejoignit, leste et désinvolte. Ils s'immobilisèrent à distance de Maria. Le premier homme avait le visage laid, secoué de tics. Quant au second policier ses traits étaient d'une perfection dérangeante et il avait une façon étrange de se mouvoir comme s'il cherchait à se fuir lui-même. Il souleva son chapeau pour passer ses doigts courbés en peigne dans ses cheveux blonds, puis il cracha dans une flaque et resta un bon moment à observer la mousse de sa projection disparaître dans l'eau saumâtre. L'homme qui se comportait en chef demanda à Maria si son père était bien parti puis, en s'avançant doucement et en fronçant les yeux, il voulut connaître son âge. Maria joua la demeurée pour gagner du temps. Trop âgée, elle devenait une proie. Trop jeune, on allait la ramasser. Alors elle fit diversion :

— Qu'est-ce que vous faites là ?

Les deux hommes n'étaient pas pressés de se présenter. Ils n'en avaient d'ailleurs pas l'intention. Ils ne répondirent pas et, sur un geste du premier, ils se séparèrent pour inspecter les lieux et procéder à un inventaire. Ils pénétrèrent partout d'une démarche ridicule supposée les protéger de l'eau. La maison fut visitée sans hâte et les objets les plus importants recensés. Chaque meuble fut détaillé, évalué. Les tiroirs furent ouverts pour voir s'ils contenaient des valeurs ou des couverts en argent. Les soupières furent sorties et posées sur des tables, les nappes déployées pour mesurer l'ouvrage, les tableaux étudiés dans le reflet de la lumière pâle. Celui qui avait le plus de valeur, un hollandais de petit maître, sans doute parce qu'il était sombre, fut jeté au sol. La jeune fille l'en releva et, sans oser le raccrocher, le posa sur le buffet. Ils en vinrent ensuite aux bêtes qui furent comptées au jugé. Les deux chevaux s'étaient approchés mais ne voyant rien de bon se profiler, ils s'étaient enfoncés dans la brume.

Il arrivait aux deux hommes de se parler en ignorant Maria. L'accent du plus gradé trahissait de fortes origines rurales qui l'aidaient à l'évidence dans son recensement. Maria aurait parié que l'autre homme était un citadin de modeste condition. Il avait l'air pressé de partir alors que son supérieur prenait son temps. Sa déambulation l'amena plusieurs fois près d'elle qu'il ne regarda jamais de face mais quelque chose disait à Maria qu'il essayait de la jauger par des œillades furtives. L'inventaire terminé, il prit la mine satisfaite du maquignon en fin de marché, ouvrit la porte de la voiture, s'assit, sortit un chiffon de derrière son siège et héla la jeune fille.

Maria s'approcha, méfiante. Il lui désigna ses chaussures. Elle nettoya le cuir noir et quand elle crut en avoir terminé, il lui montra les semelles. Elle se sentit moins avilie par cette tâche que par le regard qu'elle sentait peser sur son cou et ses cheveux. L'autre homme était monté dans la voiture après s'être décrotté les pieds lui-même. Il avait allumé une cigarette et ne se souciait pas d'elle, impatient de repartir. Maria se releva enfin et jeta le chiffon souillé au milieu de la cour. Le symbole de son geste n'échappa pas au conducteur qui eut un sourire amer avant de refermer la porte.

IV

Le soir alors qu'elle s'était endormie, un bruit de suspension maltraitée par des ornières la réveilla. Le ronflement sourd du moteur se dévoila plus tard. Maria se leva et vit dans le chemin deux phares jaunes qui sautaient, éclairant alternativement la terre et le ciel. La voiture devait être encore loin, mais elle se rapprochait inexorablement de la ferme. Un pressentiment diffus et violent la fit se lever d'un bond. Elle se mit à courir jusqu'à la grange, enveloppée dans sa couverture. Elle monta l'escalier en spirale qui menait à la tour. Cette pièce minuscule avait été colonisée par les tourterelles qui venaient s'y reproduire au printemps dans un concert de joie qui relevait de la pure inconscience. Trois petites fenêtres espacées s'ouvraient sur la cour. Opacifiées par la saleté et les toiles d'araignées, elles ne laissaient filtrer du monde que des formes approximatives. De là, dans le voile de ses yeux à demi morts, elle vit deux hommes sortir du véhicule. Ils allumèrent une cigarette, s'adossèrent à la carrosserie, comme s'ils se délectaient des moments à venir dans cette nuit qui leur appartenait. Les phares de la voiture étaient restés allumés. Ils éclairaient crûment la façade de la maison de maître tachée d'humidité. L'un des deux se saisit de lampes torches sur un siège et en remit une à son complice. Ils entreprirent d'inspecter les pièces, une par une. Ils montèrent à l'étage en pesant de tout leur poids sur les marches, sans empressement. Sûrs de leur fait, ils jouissaient du temps qui les séparait de leur prise. La maison inspectée, ils revinrent dans la cour. Leurs paroles — plaisanteries de conquérants — résonnaient sur les murs en briques. Calme jusque-là, le cœur de Maria se mit à battre tellement fort qu'elle craignit, de manière déraisonnable, qu'ils ne l'entendissent. Elle avait reconnu la voix des deux hommes venus le matin, ces voix d'hommes de rien, gonflés par les circonstances.

— Elle ne doit pas être loin. Le poêle est encore chaud, dit le citadin. Si elle est partie dans les prés, on ne la retrouvera pas ce soir.

— Pourquoi elle serait partie dans les prés? Elle n'a aucune raison de nous fuir, rétorqua l'autre.

Les deux hommes reprirent leurs fouilles. Au moment où ils arrivèrent dans la grange, leur tranquille assurance s'était dissipée et le chef était passablement énervé.

— Cette petite pute se fout de nous.

Il se mit soudain à hurler :

— Tu ferais bien de te montrer si tu veux

garder la vie sauve! On te laisse le temps de fumer une cigarette, ensuite on met le feu!

En baissant la voix mais pas assez pour qu'elle ne l'entende pas, l'autre dit :

— Ça ne va pas! Si on fout le feu à la grange, on ne pourra pas tout déménager tranquillement demain matin.

Surpris de sa propre bêtise l'autre répondit :

— Je sais bien, je sais bien, c'est juste pour lui faire peur.

Maria avait envisagé un court instant de se rendre. Ces policiers ne pouvaient pas être là pour la tuer. Pour la violer, peut-être. Elle connaissait le mot, mais son contenu restait vague, elle se disait que ça ne pouvait pas être pire que de périr dans les flammes. Elle refusait de mourir, elle le devait à son père. Elle n'avait pas quitté la ferme, parce qu'elle se sentait plus en sécurité ici qu'en ville. Elle ne voulait pas que son père revienne de toutes ses épreuves et apprenne qu'elle était morte.

Ils inspectèrent la grange. Contrariés de remuer toute cette poussière, ils criaient de plus en plus fort, mélange de vociférations et d'excitation. Maria s'accroupit le long du mur contre lequel la porte du réduit s'ouvrait. Puis elle attendit. À travers une des meurtrières, elle voyait la lune crever le ciel. La porte s'ouvrit d'un coup. L'homme sentant une résistance s'immobilisa puis il la poussa une seconde fois pour s'assurer qu'il y avait quelque chose derrière. Il s'avança alors, tourna la tête vers elle et aussitôt porta son doigt sur sa bouche pour lui faire signe de se taire. C'était l'homme au visage exagérément bien dessiné. Ses lèvres de la finesse d'un trait s'évanouissaient tout à fait devant son regard encore plus puissamment absent. Quand il fut assuré qu'elle n'allait rien dire, il recula et ferma la porte en criant :

— Pouah ! Ça pue la fiente d'oiseau là-dedans !

Mais l'autre, comme un chasseur aux aguets, n'en démordait pas.

— Je ne peux pas laisser tomber une occasion pareille.

Maria se demanda de quelle occasion il parlait. Elle avait bien pensé au viol tout à l'heure, mais était-ce bien cela qu'il évoquait ? Elle resta ainsi recroquevillée une bonne heure, pendant laquelle il mit sens dessus dessous tous les bâtiments pour retrouver l'adolescente. Son comparse s'était retiré progressivement de la traque en fumant cigarette sur cigarette, assis sur l'aile de la voiture. Maria revint à l'idée du viol, bien décidée à ne pas se faire voler ce qu'elle n'avait pas encore offert. D'ailleurs, elle ne se souvenait pas qu'un garçon ait jamais eu l'envie de l'embrasser. Ses lunettes devaient en être la cause. Maintenant, quand on la voyait, on devait bien imaginer la femme qu'elle allait devenir car si elle était amaigrie elle n'était pas complètement décharnée. « Reviens dans trois mois, et on verra si tu as toujours envie de mes os, espèce de saloperie de porc », pensa-t-elle pour se donner du courage. Et elle rit silencieusement. Elle se sentit soudain légère, optimiste. Mais ces sentiments consommèrent trop d'énergie. Elle retomba ensuite dans une léthargie où la seule question était de savoir pourquoi le deuxième homme l'avait graciée. Il la trouvait trop jeune. Ou trop laide. C'est ça, trop laide. Voilà, Dieu l'avait récompensée de sa disgrâce physique. Elle en avait la preuve. Car Il était là pour rétablir l'équilibre si souvent menacé par les hommes. Dieu ne l'avait donc pas abandonnée. Il veillait. Réconfortée par cette idée, elle s'endormit à même le sol et fut réveillée une heure plus tard par la voiture qui quittait les lieux.

V

Le lendemain un petit convoi envahit la cour de la ferme. D'une automobile civile sortirent les deux hommes de la veille en uniforme de policier. Ils firent le tour des bâtiments. Maria reprit sa position dominante de la veille qui lui permettait de surveiller à la fois l'extérieur et la grange. Tout fut déménagé. Des meubles aux outils anciens, ils ne laissèrent rien, mus par une avidité qui laissa l'adolescente perplexe. Le secrétaire leur parut sans doute trop hideux. Le fauteuil de l'arrière-grand-mère avec son pied coupé était peut-être trop difficile à réparer. Ils les abandonnèrent l'un et l'autre. Ils firent le tour des bâtiments dans une dernière inspection méticuleuse. Ils s'arrêtèrent devant le tas de pommes de terre et d'oignons mais, face à l'effort que demandait leur chargement, ils renoncèrent. Les camions remplis jusqu'au toit, les hommes entrèrent dans une discussion dont elle saisit l'essentiel.

— Qu'est-ce que ça apporte d'y foutre le feu?

Elle reconnut la voix de son sauveur.

— Ça évitera de se poser des questions le jour venu, répondit son chef présumé.

— Ils s'en poseront plus de voir une ferme brûlée que vidée. Brûler c'est un acte de guerre, et Dieu merci l'ennemi est loin d'ici.

Les manutentionnaires ne disaient mot, arborant une mine ennuyée. Maria sortit de son cagibi et vint se poster de l'autre côté de la grange, celui qui donnait sur les prés, se tenant prête à sauter malgré sa hauteur. L'homme qui avait parlé le dernier l'avait sauvée une première fois et il s'apprêtait à l'épargner une seconde. Car ce qu'elle craignait dans ce brasier, c'était moins de ne pas pouvoir se loger dans des ruines fumantes que de voir ses réserves gâchées. Elle se mit à prier pour que cet homme providentiel l'emporte sur l'autre. De sa nouvelle cache, elle ne voyait pas les véhicules. Elle les entendit partir les uns après les autres sans avoir le réflexe de les compter. Alors qu'elle se croyait seule, son sauveur entra dans la grange, suivi d'un des manutentionnaires, un jeune homme assez frêle qui regardait partout comme un oiseau curieux. Son bienfaiteur parlait d'un ton docte :

— Cette gamine me doit la vie. Müller voulait la violer. Je le connais, il l'aurait tuée aussi et il aurait fait disparaître son corps en foutant le feu partout. C'est un primitif. Bien sûr ça m'arrangeait. Devant la fille les jambes écartées, Müller se serait rendu compte que ça me dégoûtait. Quelles conclusions en aurait-il tirées ? Je ne sais pas mais, en tout cas, il en aurait tiré profit un jour ou l'autre. Et voyant que je n'avais pas participé au viol, cela aurait créé un déséquilibre entre nous. Müller n'est pas le genre de type à laisser tranquille quelqu'un qui en sait trop sur lui. On a conduit ensemble des camions à gaz, ça devrait créer une fraternité. Mais non, il faut toujours être sur ses gardes avec lui, c'est un type foncièrement maléfique, ce qui est très différent d'un maléfique de circonstance.

Satisfait de son discours, il se rapprocha de l'homme et se saisit sans violence de son col de chemise. Il vint encore plus près de telle sorte qu'il ne pouvait plus échapper à la caresse de son haleine.

— Et toi, Dieter, tu n'aimerais pas qu'on dise de toi que tu as été un pillard de l'arrière ?

Il attendit sa réaction et voyant que son interlocuteur changeait de couleur sous l'effet du sang qui se retirait de son visage, il poursuivit en haussant le ton :

— Piller l'arrière, c'est grave, non ?

L'autre acquiesça, cherchant à se soustraire. Mais le sauveur de Maria le saisit par la manche de son manteau en laine grossière.

— Sais-tu le sort qui est réservé aux homosexuels, le sais-tu ?

L'autre hocha la tête, le souffle court.

— Si tu ne veux pas l'apprendre, déshabille-toi.

Et il le poussa dans le foin, d'une pression irrésistible.

Maria aperçut un court instant le visage du jeune homme. Il avait une drôle de mollesse dans le menton. Elle s'avança pour mieux le découvrir. C'est alors qu'il la vit. Il ouvrit la bouche, et de la lave se mit subitement à courir dans les veines de Maria qui ferma les yeux. Mais rien ne sortit de cette bouche qui commençait à chercher sa respiration. Les yeux roulant dans le vague il continua à la regarder. Il lui sembla même qu'il lui souriait par intermittence, chaque fois que leurs ébats un peu violents le lui permettaient. Maria ressentit de la compassion pour cet homme qui avait pris sa place. Elle aurait voulu le remercier. Elle se tint un moment en retrait. Mais la curiosité prit une nouvelle fois le pas sur la prudence. De cette hauteur, le dos nu et courbé du jeune homme se tenant à une poutre semblait d'une blancheur maladive. Ses reins étaient cachés par le manteau du policier qui bougeait son bassin avec régularité. Elle resta ainsi un long moment, fascinée. Alors que le mouvement s'accélérait crescendo, elle vit le policier sortir de sa poche un pistolet. Puis elle l'entendit hurler de jouissance. La détonation suivit l'extase. Le jeune homme tomba face contre terre. Un geyser pourpre lui sortait de l'arrière du crâne. Le policier se recula, se rajusta, boucla sa ceinture. Puis il se mit à marcher en titubant et sortit. Il revint un peu plus tard avec un bidon d'essence qu'il égoutta sur le sol avant de le lancer violemment, furieux de son peu de contenu. Puis il craqua une allumette et s'enfuit. Le feu commença à prendre, spectaculaire mais, dès qu'il atteignit des chiffons mouillés par les gouttières du toit, il se mit à fumer.

Le policier parti, Maria descendit de sa cache, et en deux trois allers-retours à la citerne qui collectait l'eau de pluie, elle parvint à éteindre le feu complètement. Elle était à bout de souffle. Elle ne mangeait presque plus depuis deux mois déjà. Elle avait tout laissé à son père qui, avait-elle jugé, en avait bien plus besoin qu'elle. Un tourbillon suivi d'une nausée retournèrent son estomac vide. Elle vomit puis perdit connaissance. Quand elle se réveilla quelques heures plus tard, elle était assise contre la roue à demi dégonflée d'une botteleuse. Devant elle, allongé sur le ventre, gisait le cadavre nu du sacrifié, de l'homme élu pour prendre sa place, car c'est ainsi qu'elle le considéra dès l'instant où elle revint à elle. Épuisée, elle décida de ne rien faire, si ce n'est de retourner le corps vers le ciel, mais elle n'en eut pas la force car la mort lui avait donné cette pesanteur impensable chez un homme si frêle. Elle se contenta de dissimuler la vue de ses fesses avec un vieux chiffon graisseux qui avait servi à essuyer les jauges.

VI

Devant la tâche qui l'attendait, Maria décida, par dérogation à la règle qu'elle s'était fixée, de doubler sa ration. Elle fit bouillir quatre pommes de terre et deux oignons. Ses agapes l'indisposèrent encore plus. Elle vomit une nouvelle fois, et se sentit dépitée de ne pas en avoir mieux profité. Puis elle s'attela à sa besogne. Elle approcha une charrette à bras du corps étendu. Son plateau était trop haut. Alors elle s'aida d'un monticule pour hisser le cadavre sur la charrette. Elle fit une pause d'une demi-heure pendant laquelle elle resta prostrée, les poumons brûlants, devant la dépouille. Les épaules touchaient la terre. Lors du chargement, les jambes s'étaient tournées vers le haut. Elle regretta de ne pas avoir attelé un cheval pour transporter le corps. Elle décida d'enterrer le pauvre défunt le plus loin possible de la maison mais, à la première pente, la charrette s'emballa et elle ne parvint pas à la retenir. La carriole fit encore quelques mètres avant de se renverser, projetant le cadavre cette fois face contre ciel.

Elle se rappela qu'elle avait demandé un jour à son père pourquoi on n'enterrait pas les bêtes mortes sur la propriété et pourquoi on faisait appel à l'équarrisseur. « Pour ne pas contaminer l'eau », avait-il répondu. Elle espéra qu'elle était assez loin pour que le puits ne soit pas infecté. Elle tira encore un peu le cadavre par les chevilles, mais les forces lui manquaient. Alors elle se résolut à creuser sa tombe sur ce versant de prairie, battu par le vent d'est. Arrivée à destination, elle s'assit et regarda attentivement ce corps qu'elle n'avait pas eu l'occasion de détailler jusqu'ici. C'était la première fois que l'anatomie d'un homme était ainsi offerte à sa vue. Des taches de son parcouraient sa peau de roux. Elles s'aggloméraient par endroits, puis se faisaient rares pour revenir en nombre mais plus effacées. Le sexe du jeune homme qui lui avait tant coûté pendait triste et désœuvré. Elle se dit : « Voilà bien là toute l'histoire. » Puis elle chercha le vieux linge pour l'en recouvrir. Elle retourna à la grange pour y chercher une pelle. Elle n'en trouva aucune, les rapaces les avaient toutes volées. Un sentiment de panique la saisit à l'idée qu'elle n'avait aucun outil pour mettre ce mort en terre, cette terre qui durcissait en hiver.

Elle fit une pause. Elle alluma le grand poêle et se blottit dans son fauteuil. La pénombre enveloppait la grande pièce, chaque meuble volé se rappelait à sa mémoire jusqu'au son familier de leurs huisseries, musique involontaire des jours perdus. Elle s'endormit jusqu'au lendemain matin et n'étaient les fourmis qui lui engourdissaient les membres jusqu'à la brûlure, elle aurait bien profité d'une heure de plus. Quand sa conscience s'éveilla au monde, Maria avait oublié la mort du jeune homme. Il n'avait été d'aucun cauchemar. Mais peu à peu l'image de ce corps inerte se recomposa dans son esprit et, avec lui, la tâche impérative qui s'imposait à elle pour la journée. Elle se leva sans entrain, ralluma son feu, remercia son père pour cette prévoyance de toujours qui l'avait conduit à constituer des réserves de bois sec pour dix ans. Elle but un bol d'eau chaude et se mit en route. La dépouille était piquée par endroits, signe que des prédateurs venus du ciel avaient commencé leur funeste besogne. Elle se reprocha de ne pas l'avoir recouvert complètement. Le linge ridicule, cartonné par le froid, ultime protection contre l'indécence n'avait pas bougé de place comme si les corvidés s'en étaient désintéressés. Une odeur âcre commençait à se dégager de la dépouille, une odeur de bête crevée qui sans lui être familière ne lui était pas inconnue. La peau apparaissait encore plus bleue, plus fine et plus tendue, le torse imberbe presque transparent. Le corps, pris par la raideur cadavérique, était désormais tout d'un bloc et, plus il s'éloignait de la vie, plus ses parties se solidarisaient, avant le grand plongeon vers l'incertain.

Elle refit le tour des bâtiments à la recherche d'un outil pour creuser. Rien, absolument rien, pas même une de ces barres à mine qu'on utilise pour planter les piquets de clôture. Elle s'assit près du mort, et remonta son écharpe pour se couvrir la bouche et le nez. Elle regarda attentivement son visage pour la première fois. Elle n'avait pas eu le réflexe de lui fermer les yeux et maintenant il était trop tard. On ne pouvait rien lire d'autre sur cette face crispée qu'un étonnement qui ne datait pas d'hier. « Son regard a une drôle de façon d'embrasser le ciel », se dit-elle. Puis elle s'égara un instant en conjectures sur le fait de savoir si ce regard ne fixait pas simplement son âme pendant la longue élévation qui la conduisait vers les cieux. Elle n'en doutait pas, cet homme ne connaîtrait pas l'enfer. « Étrange pour un homme qui aimait les autres hommes, pensa-t-elle. Mais Dieu a ses raisons que l'on ignore. » Elle n'avait toujours pas de solution pour l'enterrer, alors que le soleil blanchissait déjà la brume. Elle se mit soudain à craindre qu'on recherche le défunt, qu'on les trouve là, l'un et l'autre, et qu'on en vienne à l'accuser de l'avoir tué. Plus elle y pensait, plus cette hypothèse lui paraissait possible. Elle songea à nouveau à utiliser un cheval pour déplacer le corps, mais tous les harnachements lui avaient été volés. Elle envisagea même de le traîner jusqu'aux bois pour l'y laisser se décomposer à l'abri des regards, mais il y avait bien mille mètres et elle risquait de s'épuiser. L'idée de le brûler s'imposa soudainement, suite logique à cette série de déconvenues qui l'empêchait de creuser une tombe décente. Dans la pente, assez loin des bâtiments pour que le feu ne s'y propage pas, elle réunit ce qui restait de fagots. Elle les recouvrit de bûches. L'idée que le corps ne brûle pas tout à fait la hantait. Sa raideur cadavérique le rendit plus facile à hisser sur le bois. Elle enflamma le brasier. Il se consuma pendant deux bonnes heures. Quand il ne fut plus que cendres et fumée, elle s'approcha. Il ne restait que les os et quelques lambeaux de peau calcinée. L'odeur de chair grillée qui flottait dans l'air était insoutenable.

VII

Au réveil du lendemain, la pluie martelait le sol avec des rebonds prodigieux. Maria décida de ne pas s'y exposer, craignant d'attraper la mort. Le jour suivant le vent avait tourné, balayant de gros nuages qui couraient dans le ciel. Elle décida de se laver puis y renonça, considérant qu'il serait toujours temps de le faire ensuite. Elle enroula son écharpe autour de la tête et avança résolument vers le foyer qui sous l'effet de l'averse s'était transformé en une infecte pâte argentée. Les ossements avaient pris la couleur d'un vieux roulement graissé de tracteur. Ils n'avaient plus aucune cohérence. Elle rapprocha la voiture à bras sur laquelle elle avait posé une caisse. Tout en se félicitant de la force des flammes qui avaient disjoint les os, elle les entreposa un par un dans la caisse. Puis elle l'enfouit dans la partie la plus sombre de la grange, recouvrant le tout avec un tas de vieilleries qui s'étaient fondues dans le décor depuis deux siècles. Il s'ensuivit un moment d'angoisse intense, une sensation de vide vertigineuse. Elle n'avait plus de but, plus de moyens, plus rien à faire, si ce n'est de survivre, ce qui a ses yeux d'adolescente ne demandait pas une énergie particulière.

Le facteur passa toutes les trois semaines au rythme des lettres du père de l'adolescente. À chaque visite, il s'immobilisait devant la boîte aux lettres, debout sur son vélo. Il toisait les bâtiments, tâchant d'apercevoir la jeune fille. Il repartait ensuite non sans jeter un dernier coup d'œil par-dessus l'épaule, puis il accélérait avant de disparaître. Le grincement de la chaîne de son vélo lui survivait un court instant.

Après l'inondation, l'eau du robinet avait coulé, saturée de boue pendant quelques jours. Maria avait préféré boire l'eau plus claire des flaques. Mais elle avait pu recommencer à faire bouillir ses deux pommes de terre et son oignon journaliers.

Dans l'inventaire des objets que les prédateurs avaient laissés, il y avait bien sûr le secrétaire et le fauteuil bancal, mais aussi un vieux gramophone à manivelle au coffrage en acajou fendu par le milieu, et une pile de microsillons. Les objets délaissés jonchaient le sol. Cassés pour le plaisir de la destruction, ils payaient pour leur manque de valeur. Elle passa les disques en revue. Les pochettes étaient illisibles, entamées par le salpêtre et les souris. Elle prit un disque, l'installa sur le gramophone, tourna la manivelle. Rien ne vint. Elle sortit alors avec l'engin à la lumière et l'ausculta, heureuse de s'être trouvée une distraction. Elle le démonta avec précaution puis le remonta avant que la nuit, si longue en cette fin d'automne, ne vienne une fois de plus tout interrompre. La musique allemande dominait cette petite collection. Elle reconnut Wagner, Beethoven, Bach. Une seule musique d'ailleurs, une douce mélancolie chantée dans une langue qui n'était pas la sienne lui procura une émotion inattendue. Elle la repassa plusieurs fois, puis elle craignit qu'une telle harmonie ne s'échappe dans les airs pour attirer l'attention sur elle. Cette beauté frisait l'indécence, elle en avait le pressentiment. La solitude qui succéda à la partition lui parut tellement injuste qu'elle remit le morceau une dernière fois. La musique semblait très loin de sa vie et lui donnait en même temps un formidable espoir qu'un jour reviennent les temps heureux.

L'hiver s'était présenté en avance. D'abord humide, il devint glacial dès le début décembre, accompagné des premières fièvres qui rompaient les membres et l'obligeaient à passer des journées entières devant le feu. Elle doubla ses rations quand elle sentit cette sorte d'engourdissement qui, pensa-t-elle, pourrait préfigurer la mort. Une mauvaise toux s'empara d'elle, qui l'obligea à passer Noël comme une exorcisée crachant son mal d'une voix rauque et ténébreuse. La neige qui jusqu'alors avait fouetté la campagne en rafales givrées de courte durée se mit à tomber en feuilles mortes. Les flocons lascifs se transformèrent en quelques jours en une couche épaisse que le soleil illuminait. Il s'ensuivit une longue période de froid sec entretenu par un vent slave qui faisait fumer le manteau neigeux. Elle imaginait que cette brise souvent emportée avait déjà caressé son père avant de voler jusqu'à elle. Ses bronches s'apaisèrent. Ses toux moins fréquentes remontaient en surface. Le spectre de la mort lui sembla s'éloigner d'une démarche assurée. Elle décida de manger tant que son appétit le lui permettait. Elle n'envisagea jamais de quitter la propriété. Elle se sentait investie de la mission de rendre les lieux à son père pour les reconstruire et recommencer à vivre avec lui. Elle se fit la promesse de ne jamais le quitter. Le peu qu'elle avait vu des hommes ne lui donnait aucun regret de se dévouer sans partage à celui qui, seul et sans faillir, s'était consacré à elle si simplement. Dans le désœuvrement de sa vie quotidienne, elle brassait une foule désordonnée de souvenirs. Le plus obsessionnel lui renvoyait le dernier regard de son père. Ce regard était une énigme. Mais plus terrifiant encore, ce regard semblait dire qu'il espérait ne jamais revenir. Elle ne parvenait pas non plus à oublier la froideur de leurs adieux, comme s'il était déjà dans l'au-delà. Ses recommandations s'étaient perdues dans la brise. Elle avait trouvé dans les yeux de son père au mo-

ment de son départ une drôle de latence, de résignation et de désintérêt. Ce regard ne devait
rien à personne, la force de son absence avait
été effacée par une défaillance de l'âme. L'adolescente aurait voulu mieux comprendre, mais
quelque chose en elle le lui interdisait, une barrière infranchissable.

Ses pensées s'évanouirent avec la faim, remplacées par des hallucinations qui lui permettaient de fuir l'implacable routine. Depuis l'apparition de la neige, les jours se succédaient à
l'identique, l'un chassant l'autre, au point que
sa vie n'était désormais faite que d'un seul jour
de lumière argentée où le ciel gris était posé sur
la neige. Les nuits, loin de lui apporter le repos,
aggravaient sa fatigue psychique dans l'inconfort de sa couche de fortune où le froid s'imposait en régisseur cruel, incorruptible et capricieux. L'hiver annonçait sa fin par des périodes de relâche qui laissaient croire que la nature
allait renaître. Fier de son effet, il revenait de
plus belle, juvénile et dominateur. La neige mit
des semaines à fondre, ne laissant derrière elle
que des flaques de boue saumâtre et une immense lassitude. L'apparition des premiers bourgeons se fit sans cette impression de renaissance
qui avait marqué les premiers printemps lucides
de celle qui sans s'en rendre compte était devenue une jeune femme. Le retour timide de la
beauté dans une nature méfiante ne pouvait
rien contre la pesanteur qui l'accablait. Elle
pensa à mourir. Elle n'avait de la mort ni envie

ni véritable dégoût. La mort ne lui semblait pas un état si différent de celui où elle se trouvait actuellement pour qu'elle veuille le repousser à tout prix. Mais elle n'entendait pas l'encourager, impatiente de recevoir de Dieu ce qu'il lui avait pris. Elle souhaitait assister une nouvelle fois au miracle de l'équilibre qui scellait son pacte avec le Créateur. Un équilibre qui dépassait, selon elle, les limites du monde étriqué dans lequel Il avait choisi de la faire évoluer pour l'endurcir et la rendre apte à des tâches supérieures dont elle n'avait pas encore idée.

Un après-midi de la fin du mois de mars, épuisée à en pleurer, elle se leva pour mettre son disque sur le gramophone. Le froid avait décroché et il régnait une atmosphère douceâtre, alors qu'un vent tiède soufflait en continu. L'extérieur et la musique fusionnèrent dans un requiem sans drame. Maria, creusée par les privations, les jambes serrées contre sa poitrine avait posé sa tête sur ses genoux et regardait le voile blanc de la porte qui lui donnait sur le monde une vision d'aveugle. Une ombre s'en détacha qui prit corps d'une façon tellement brutale qu'elle détourna les yeux pour fuir ce qu'elle pensait être une hallucination.

VIII

L'homme était de taille moyenne. Quand il aperçut distinctement Maria, il eut un mouvement de recul, mit sa main sur le pistolet suspendu à sa hanche puis se ravisa, contrarié de cette peur soudaine. Deux autres hommes le suivaient prudemment, lançant des coups d'œil furtifs à la jeune fille avant d'embrasser plus largement la pièce presque vide. Maria remarqua leur uniforme et leur casque, mais n'eut pas la force de se demander de quelle nationalité ils pouvaient être. Peu lui importait. Celui qui était le chef se mit à parler dans une langue qu'elle reconnaissait mais qu'elle ne comprenait pas.

— Qu'est-ce qu'elle fout là ?

Malgré la lumière du jour, il alluma sa torche et la pointa sur elle.

— Tu parles français ?

Hébétée, prisonnière de son extrême fatigue, elle aurait souhaité répondre par la négative, mais rien ne vint.

Alors qu'un des deux militaires commençait à inspecter la pièce, son supérieur le héla :

— Vagot, va chercher Furtwiller, elle comprend rien.

Vagot sortit et revint un peu plus tard avec un grand type hirsute qui tenait son casque à la main.

— Demande-lui ce qu'elle fait là !

Furtwiller lui parla un allemand dialectal compréhensible pour elle.

— Comment t'appelles-tu ?

Maria le regarda avec une telle intensité qu'il crut qu'elle allait défaillir. La flamme s'éteignit aussitôt. Puis elle répondit, d'une voix détachée :

— Maria Richter.

— Elle s'appelle Maria Richter, dit Furtwiller.

— Ça va, j'avais compris, répondit le supérieur. Demande-lui ce qu'elle fout là.

Furtwiller le regarda, gêné :

— C'est pas une question, ça, mon adjudant.

— Comment, c'est pas une question ?

Furtwiller abandonna son objection devant le regard consterné de son supérieur.

Maria trouva effectivement la question étrange. Elle y répondit d'une voix lente pour qu'elle n'ait pas à répéter.

— Je n'ai pas de raison d'être ailleurs.

Furtwiller traduisit et l'adjudant s'impatienta.

— Bordel ! Qu'elle nous dise où est sa famille !

Quand la question lui parvint, Maria mesura soudainement en préparant sa réponse, la dévastation qui avait sévi autour d'elle, dont elle n'avait pas mesuré la gravité tant qu'elle n'avait pas eu à la formuler de sa propre bouche.

— Mes grands-parents sont tous morts avant la guerre. Mon père est sur le front russe.

Le reste ne vint pas.

— Et ta mère ? insista Furtwiller.

L'adolescente se mit à hoqueter puis à s'étouffer :

— Elle... elle est dans une maison de repos.

Un des soldats qui revenait de son petit tour entendit la traduction de la réponse et s'esclaffa :

— Une maison de repos. Merde alors, je la rejoindrais bien sa mère.

— Où ? demanda l'adjudant.

La réponse, une fois traduite, l'accabla :

— Je ne sais pas.

— Comment, elle ne sait pas ? Si sa mère est dans une maison de repos, elle doit bien savoir où, nom de Dieu, ils ne doivent pas en avoir tant que ça, les fritz.

— Mais qu'est-ce que ça peut faire ? demanda Furtwiller.

— Qu'est-ce que ça peut faire ? répéta l'adjudant pendant qu'il cherchait la réponse. Ça peut faire que si on trouve sa mère, on peut se débarrasser d'elle tout de suite, sinon, je ne sais pas à qui on va la fourguer.

— On pourrait peut-être lui donner quelque chose à manger, rétorqua Furtwiller.

— Sacrés Alsaciens, vous êtes quand même boches, quoi qu'on en dise. Démerdez-vous avec elle.

Puis à haute voix :

— On fouille tout de fond en comble et on se tire ! J'ai bien dit de fond en comble, souvenez-vous d'avant-hier quand on a trouvé un nazillon à l'intérieur d'une botte de foin.

— Comment on peut savoir si c'était un nazillon ? demanda un type moins gradé.

— C'est très simple, répondit l'adjudant, un type jeune qui n'est pas parti au front c'est qu'il a des responsabilités politiques. Qui dit responsabilités politiques dit forcément nazi. S'il se cache et qu'en plus on n'a pas le temps, moi je lui mets une balle dans la tête à titre préventif. Tu me suis ?

Le type qui avait posé la question acquiesça sans conviction. L'adjudant reprit plus fort.

— Pour ceux qui se poseraient des questions, moi je dis qu'on n'est pas au royaume des états d'âme, donc j'attends pas d'autres écrits pour faire du nettoyage. Si votre sœur s'était fait défoncer par des soldats de la Wehrmacht à Dunkerque, vous auriez moins de scrupules. Vous ne savez pas ce que c'est qu'un Allemand qui vient de gagner une bataille. Il la fête.

Maria, soûlée par des mots qu'elle ne comprenait pas, se sentit chanceler un court instant avant de perdre connaissance.

Elle revint à elle, trempée par l'eau qu'on lui avait lancée sur le visage, un liquide brun et froid qui dégoulinait de ses vêtements. Les hommes faisaient un cercle autour d'elle. Elle reconnaissait tous ces visages sauf un, celui d'un homme qui la regardait d'assez loin, en roulant une cigarette. Il levait fréquemment la tête en scrutant le ciel comme s'il y lisait quelque chose de particulier.

L'adjudant fit un signe et deux de ses subordonnés entrèrent en poussant une caisse. Quand la caisse fut devant Maria, l'adjudant regarda Furtwiller. Celui-ci s'avança. Un des deux hommes qui avaient poussé la caisse en sortit un fémur calciné.

— Qu'est-ce que c'est ? demanda l'Alsacien.

Maria était trop faible pour répondre.

— Il s'est passé de drôles de choses ici, lança l'adjudant en se postant devant elle, décidé à mener l'interrogatoire.

Furtwiller ne traduisit pas. L'adjudant insista. Il s'exécuta :

— Qui était-ce ? demanda-t-il en désignant les ossements.

Maria sans prendre l'air qui correspondait à sa réponse évasive répondit :

— Je ne le connais pas et il n'avait pas de papiers.

La traduction parvenue à ses oreilles, l'adjudant objecta :

— Tu ne sais pas qui était ce type ? Il est venu mourir ici tout seul probablement, ensuite il s'est fait cuire et, pour finir, il s'est rangé soigneusement dans une caisse. Et, ultime précaution, pour ne pas prendre froid, le désossé s'est recouvert de toutes les saloperies qu'il a trouvées dans la grange.

— Je ne sais pas qui c'est mais je peux expliquer, rétorqua Maria d'une voix essoufflée. Après le départ de mon père, des hommes...

— Quels hommes ?

— Des Allemands. Ils sont venus pour réquisitionner tout ce qui se trouvait dans la ferme, je ne sais pas pour quelle raison. Et ce jour-là, un des policiers qui surveillaient l'opération...

— Combien de policiers ?

— Deux. Juste deux. Un des policiers a tué un des manutentionnaires dans la grange...

— Pour quelle raison ?

— Je ne sais pas.

— Des histoires de partage certainement. Continue...

— Ensuite il a voulu mettre le feu à la grange. Le feu n'a pas pris parce que la paille était mouillée à cet endroit-là.

Elle s'interrompit, subitement sidérée de tous ces mots qui s'échappaient de sa bouche.

— Ensuite ?

— J'ai tiré le corps pour l'enterrer, mais la terre était dure et ils ne m'avaient pas laissé d'outils pour le faire.

— Alors ?

— Alors tu l'as brûlé et tu l'as mangé.

— Je crois que vous exagérez, adjudant !

Maria ne comprit pas ce que l'homme avait pu dire, mais un silence solennel suivit son intervention.

L'adjudant défia le capitaine du regard.

— Vous dites, mon capitaine ?

L'officier gardait ce même air désinvolte qu'il avait depuis le début.

— Je dis que vous poussez trop loin.

L'adjudant se gonfla :

— J'ai servi en Afrique, mon capitaine, je sais de quoi je parle.

— Nous sommes les premiers étrangers à fouler ce sol depuis cinq ans. Les affaires de cannibalisme entre Allemands, si tant est qu'il en existe, ne nous concernent pas.

L'adjudant se mit à tourner en rond comme un croiseur qui a pris une torpille dans le gouvernail. Puis il se résigna :

— Bon, qu'est-ce qu'on en fait ?

Le capitaine fixa Maria pour la première fois et la détailla des pieds à la tête.

— Quel âge as-tu ?

Maria hésita. Si elle se faisait passer pour une adulte, ils s'autoriseraient plus facilement à abuser de son corps que si elle se faisait passer pour une enfant. Avouer son âge présentait aussi des inconvénients. On risquait de la forcer à quitter les lieux pour la remettre à une autorité. Toute seule dans cette ferme plus longtemps, elle savait qu'elle était vouée à la mort. Une image lui traversa brièvement l'esprit, celle d'une tablée devant la maison de maître aux premiers jours chauds du printemps. Son père était en bout de table et ses yeux pétillaient devant un verre de vin blanc du Rhin qu'il levait à la santé de tous les convives. De part et d'autre se tenaient les ouvriers agricoles endimanchés. De ce tableau ressortait une immense confiance dans l'existence. Bien sûr, à droite de son père, sa mère était un peu absente. Elle était la seule à ne pas apprécier la quiétude de l'instant, cette simplicité enchantée. On lui répéta la question.

— J'ai quinze ans.

Assis sur un garde-boue de sa voiture, le capitaine tirait mollement sur sa cigarette, les mains dans les poches.

— On l'emmène ! trancha-t-il sans s'adresser à personne.

L'adjudant fit une moue de surprise.

— On va en faire quoi ?

— On n'est pas obligés d'en faire quelque chose. On l'emmène et ensuite on la remettra à une autorité ou...

— Mais il n'y a plus d'autorité.

— Si, nous, conclut le capitaine avec hésitation.

L'adjudant attendit que tout le monde soit sorti pour murmurer à son supérieur :

— C'est tout de même une ennemie, mon capitaine.

L'officier bâilla et posa la main sur son épaule.

— Elle n'a pas l'âge d'être une ennemie. Et puis on a une vieille tradition d'hospitalité, cet ennemi, on l'a tout de même hébergé quatre ans chez nous.

L'adjudant s'éloigna :

— Et qu'est-ce qu'on va faire d'elle ?

— On trouvera bien un moyen de l'employer.

— C'est plus tout à fait une enfant, si vous voyez ce que je veux dire et nos hommes n'ont pas touché une femme depuis au moins six mois.

— Alors ils peuvent tenir encore un peu.

— C'est comme vous voudrez, fit l'adjudant résigné.

— Vous emmènerez aussi les chevaux.

IX

Maria avait été poussée dans un camion bâché avec le reste des sans-grade qui la regardaient en essayant d'imaginer ses formes quand elle aurait repris du poids. Aucun ne lui paraissait particulièrement menaçant. Aucun ne montrait de compassion non plus. Les premiers virages lui soulevèrent l'estomac et elle se mit à vomir à l'arrière par-dessus bord. Elle rejoignit sa place en essayant de lire chez les autres le reflet de sa propre honte, mais personne ne faisait attention à elle. Derrière le camion, la route défilait. À travers les projections de boue, elle découvrait une campagne qui n'avait pas changé mais qui était frappée d'une étrange immobilité. On ne voyait âme qui vive, sauf de temps en temps, un vieillard au regard vide. Les bêtes avaient disparu. Une femme, un enfant dans chaque main, venait de se jeter dans un fossé au passage du camion. Maria la vit se relever et reprendre sa marche en bord de route. Un des deux enfants fasciné par le camion avançait en se retournant. Elle les vit disparaître, trois points rétrécis dans l'horizon morne. Sa lassitude lui donna un moment l'illusion qu'elle serait pour toujours le spectateur de son existence. L'aspiration létale, loin de céder, faisait d'elle la proie de tous les lieux et elle n'imaginait pas pouvoir un jour s'extraire de ce véhicule brinquebalant dont les amortisseurs à lattes jouaient une partition mécanique.

Le camion traversa un premier village. Il était intact, aucune trace de combat, ni de bombardement. Il était simplement désert. Quelques auvents s'entrebâillaient après leur passage puis se refermaient promptement. Un chien se mit à courir derrière eux, allègre et obstiné. La bourgade dépassée, la campagne reprit ses droits et le camion plongea dans une étendue verdoyante de chaque côté de la route ponctuée par endroits de bouquets d'arbres. La route descendait vers la vallée où s'étendaient de grandes mares. La marque de la crue s'affichait encore sur les maisons dévastées. Quelques cours de ferme étaient telles qu'au premier jour de leur abandon précipité. Les hommes de troupe, lassés de cette nature désolée, ne regardaient que le bout de leurs chaussures, appuyés sur leurs fusils posés crosse contre terre. Ils s'ennuyaient, seule alternative raisonnable au meurtre en temps de guerre. Certains s'endormaient, d'autres conversaient désabusés, d'autres encore se laissaient bercer par le balancement de l'engin. Maria n'était plus pour eux un objet de désir, ni une prisonnière, juste un encombrement qu'il était déjà temps d'ignorer. Le trajet tirait à sa fin, ils pénétrèrent dans les faubourgs d'une ville de moyenne importance. Des maisons en briques s'alignaient, austères et presque arrogantes de modestie calculée. Quelques jardins trahissaient une présence humaine bienveillante, d'autres la longue agonie de l'abandon. Le centre était à peine plus gai. De petits immeubles, toujours en briques, avaient remplacé les maisons des faubourgs, faisant une large place à des bâtiments administratifs. Le petit convoi s'immobilisa devant la mairie. Un drapeau français flottait sur l'édifice, signe pour ceux qui ne l'avaient pas encore compris que la région était désormais sous administration étrangère. Les passants, poussés par la nécessité, s'aventuraient dans la rue en contournant soigneusement le bâtiment occupé. Méfiants, intrigués, craintifs, ils pressaient le pas de peur de se faire happer. Emmitouflés comme si l'hiver devait se prolonger éternellement, leurs visages échappaient au regard et il était difficile d'y distinguer ce qui prenait l'ascendant de la détresse ou de l'humiliation. Des hommes âgés n'échappaient pas à la consternation de voir flotter à cet endroit le drapeau d'une nation qu'on avait dite défaite pour les siècles et, devant la mairie, incrédules, ils regardèrent le camion et la voiture qui le précédait se vider de ses uniformes étrangers.

Maria, poussée dehors, se retrouva sans force sur cette place qui ravivait des souvenirs classés confusément dans son esprit d'enfant. Le capitaine l'observa longuement à contre-jour, d'un regard qui ne disait rien sur ses intentions puis il donna ses ordres d'une voix d'une douceur hypnotique :

— Donnez-lui une chambre et à manger, mais pas trop d'un coup, elle pourrait y passer. Qu'on lui porte aussi de quoi se laver et que quelqu'un aille lui chercher des vêtements propres !

— Mais où mon capitaine ?

— Qu'est-ce que j'en sais moi ? Demandez à ce qu'il reste de personnel dans cette mairie, il doit bien y avoir une femme qui sait où on peut lui trouver des vêtements.

— On l'enferme dans sa chambre ? demanda l'adjudant.

— À ce compte-là, on enferme tous les gens de cette ville.

— Qu'est-ce qu'on en fait ensuite ?

— On verra.

Deux hommes furent désignés pour l'escorter dont un très brun qui semblait pressé d'en finir. Ils traversèrent la mairie puis une cour qui donnait sur une caserne sinistre construite dans la pure tradition militaire où l'asservissement commence par les bâtiments. Maria dut s'arrêter à plusieurs reprises pour gravir les marches, trahie par ses jambes qui ne voulaient plus la porter. Pour son malheur, sa chambre était au dernier des quatre étages sous des combles. Voyant qu'elle n'y parviendrait pas, l'un des deux hommes se décida à la porter. Il la prit dans ses bras et surpris qu'elle ne pèse rien, il gonfla le torse pour franchir les dernières marches. Exténuée, Maria ne vit de lui que des traits quelconques et un nez proéminent, sur lequel étaient posées des lunettes. La vue des lunettes si proches d'elle lui arracha un cri et elle se mit à battre des jambes. Le souvenir des lettres de son père avait jailli de son esprit et elle se mit à suffoquer avant de perdre une nouvelle fois connaissance.

X

Elle se réveilla dans une chambre où une dizaine de lits vides étaient alignés. Aucun n'était préparé, mais des couvertures vertes d'une laine épaisse et rêche, pliées au carré, reposaient au bout du matelas. L'humidité était étouffante et, lorsqu'elle ouvrit les yeux, le binoclard forçait sur la poignée de la fenêtre pour l'ouvrir.

— Reste là, on va t'apporter à bouffer, du savon et des vêtements propres et après on verra ce qu'on peut faire de toi, fridoline.

Peu lui importait qu'elle comprenne ou pas. Le brun sombre se tenait dans l'encadrement de la porte. Il la regardait comme quelqu'un qui cherche à se donner de l'appétit devant un plat d'orties.

— Elle est drôlement maigre, fit-il en retirant de sa bouche un bout de bois qu'il mâchouillait.

— Ouais, mais il y a du potentiel, je peux t'en parler, fit l'autre, j'ai tâté.

— Si tu le dis, salopard.

Il jeta un dernier œil sur elle avant de refermer la porte. Leurs pas résonnaient dans le couloir. Maria reprit connaissance avec, toujours à l'esprit, les lettres de son père. Le sujet ne tarda pas à tourner à l'obsession, elle voulait les récupérer.

Les deux types revinrent au bout d'une heure, elle n'avait rien fait d'autre que de fixer les toits en tuiles qui s'offraient à sa vue, depuis le lit où elle avait fini par s'asseoir. Des nuages pressés dans le ciel par un vent d'altitude cachaient puis libéraient le soleil. Les tuiles sous l'effet des changements soudains de lumière dégradaient les rouges entre teintes mates ou brillantes.

Le porteur de lunettes tenait d'une main un morceau de pain et un bout de fromage, de l'autre un paquet de vêtements. Il jeta les deux sur le lit voisin, et sortit de sa poche un morceau de savon.

— Du vrai savon.

Il reprit le savon et le mit devant son nez.

— Ou presque.

Il la regarda sans bienveillance.

— Les douches sont au fond du couloir, compris ?

L'adolescente fit non de la tête. Alors le soldat lui mima la phrase. Elle semblait encore si incrédule qu'il ramassa ses affaires et la conduisit par le bras aux douches. Mais la jeune fille se jeta au passage sur le pain et le morceau de fromage qu'elle engloutit en marchant.

Les lieux, dans l'attente d'une garnison improbable, étaient d'une propreté maniaque. La salle de douche lui sembla immense. Elle pouvait contenir en même temps au moins une vingtaine de soldats. Une peinture grise recouvrait les murs et le plafond. La jeune fille ne sut laquelle choisir. Elle s'avança vers le coin d'où elle était moins visible au regard des autres. Mais d'autres, il n'y en avait aucun, si ce n'est les deux plantons qui se demandaient s'ils allaient profiter du spectacle. Le brun au teint mat soupira et tira par la manche son binôme qui marqua un temps avant de reculer. Maria se colla contre la paroi carrelée. Elle hésita longuement à se déshabiller moins par pudeur que par crainte de voir ce que son corps était devenu. Elle découvrit ses jambes maigres, ses cuisses creuses, ses os iliaques pointus. À sa grande surprise, l'eau coula chaude. La force du jet lui parut presque douloureuse, mais elle se laissa aller. Elle ne parvenait plus à s'extraire de cette caresse inattendue et ne sentait pas la volonté de l'interrompre. Un des soldats lui cria quelque chose depuis l'entrée. À son intonation, elle comprit qu'elle abusait. Elle resta sourde aux ordres diffus et s'accrocha à son plaisir, consciente que le militaire allait finir par entrer dans la pièce pour l'arrêter. Il entra, peu après. Il se tint devant elle et, faisant mine de ne pas paraître devant une femme nue, il lui fit comprendre par des gestes qu'il était temps de sortir. Il n'avait pas prévu de serviette ou peut-être n'en avait-il pas trouvé, alors elle se rhabilla toute mouillée, endossant des vêtements d'une femme d'un autre âge qui lui donnaient un air sévère et démodé.

Les deux hommes la reconduisirent à sa chambre. Le binoclard s'assit loin d'elle sur un lit proche de la porte pendant que l'autre s'en alla chercher les ordres. Assise sur sa couche, Maria ressemblait à une petite fille grimée en femme. Le garde la fixait de longs moments comme s'il voulait lui dire quelque chose, et puis ses yeux se perdaient dans l'immensité de la chambrée. Elle voyait mal sans ses lunettes mais quand par hasard elle captait son regard, elle n'y lisait de façon diffuse que veulerie et calculs servis par un esprit médiocre. Le brun mat revint un peu plus tard, ennuyé de son essoufflement.

— Elle reste là. En attendant, on l'enferme.

— En attendant quoi ?

— Je ne sais pas.

— Et si elle saute par la fenêtre ?

— Elle se tuera, mais elle n'en a pas l'intention sinon pourquoi elle se serait accrochée à la vie dans sa bauge, tu peux me dire ? Tu es chargé de venir la voir de temps en temps, de lui apporter à manger et puis voilà.

Le binoclard se leva agacé, de quoi il n'en savait rien mais contrarié tout de même. Il s'essaya en allemand.

— Toi, pas bouger, toi rester là, compris ?

Maria acquiesça. Elle était encore tout à la fraîcheur de son nouvel état. Elle sentait la douche miraculeuse couler sur ce corps qu'elle se réappropriait lentement. Se débarrasser de ses gardes ajoutait à son bien-être. La porte se referma sur eux et, au bruit de la clé dans la serrure, elle comprit qu'on l'avait enfermée. Sans beaucoup d'efforts pour le concevoir, elle ne s'imaginait pas l'ennemi de quelqu'un mais, puisqu'il en était ainsi, elle allait en profiter pour se reposer, prendre des forces avant de retourner chercher les lettres de son père.

Chaque jour cédant difficilement au suivant, deux semaines au moins s'étirèrent dans la monotonie. Le garde lui rendait visite à heures régulières, celles des repas qu'il posait négligemment sur le lit voisin pour lui signifier qu'il n'était pas son larbin. Pendant qu'elle mangeait, il la regardait sous ses lunettes. Il marmonnait quelques mots en allemand, langue qu'il maîtrisait mieux qu'il n'en donnait l'impression. Elle lui demanda un livre, ce qui provoqua chez lui une réaction circonspecte. Après l'approbation de son supérieur, il lui en apporta un, trouvé dans la mairie. C'était *La Montagne magique* de Thomas Mann qu'il avait sorti d'une des nombreuses caisses où les vaincus avaient écrit : « Destiné à la destruction. » Il était difficile d'en connaître la raison. Mais peu lui importait.

Jour après jour, à la regarder renaître, il en avait fait sa chose, il se l'était appropriée comme il l'aurait fait d'un billet trouvé dans la rue, sans imaginer un instant qu'il puisse manquer à quelqu'un d'autre.

Le maire lui-même vint lui rendre visite accompagné du capitaine, de l'adjudant et de Furtwiller qui traduisait.

Il l'ausculta avec les mêmes gestes froids et méthodiques d'un médecin.

— J'ai bien connu son père.

C'était un homme de petite taille, assez rond qui portait une moustache à la mode taillée droite sur la lèvre supérieure. S'il savait très bien qui il avait été, il n'avait en revanche pas la moindre idée de celui qu'il était désormais. L'humiliation de voir des étrangers occuper sa bourgade se lisait sur son visage. C'était un homme sans consistance qui accordait beaucoup d'importance au regard des autres. Avec la défaite, il risquait de perdre la face.

— Oui, oui. Son père est un propriétaire terrien bien connu.

— Et où est-il? demanda le capitaine en allemand.

Le maire n'en savait rien.

— J'imagine qu'il est parti à la guerre.

Puis il réfléchit un peu, alternant mines importantes et pitoyables.

— Mais il n'était pas supposé y aller.

— Pourquoi?

Le maire trouva la question saugrenue et il y répondit d'un ton désinvolte.

— Parce qu'il était trop vieux et qu'il faisait tourner des terres agricoles. Mais au fond, je ne sais pas. J'ai l'impression qu'il s'est engagé.

— Sur quel front ?

— Sur quel front ? Comment puis-je savoir sur quel front, moi ?

— Je ne vous reproche rien, je m'informe. Lorsque nous avons trouvé cette jeune fille chez elle, nous avons fait une découverte macabre. Il y avait des ossements humains entassés dans une caisse en bois.

Le maire haussa les sourcils, mais très vite montra par son expression que cela ne le concernait pas. Puis il dit :

— Qu'y pouvons-nous ?

— Vous peut-être rien, répliqua l'officier. Or moi c'est différent. Je suis investi des pouvoirs de police. La vôtre est en fuite ou défaillante. Je ne peux pas me désintéresser d'un crime.

— Peut-être ne s'agit-il que d'un suicide ?

— Ce n'est pas la version de Maria Richter. Selon elle, c'est un policier qui aurait tué cet homme sur lequel nous ne possédons aucune information.

Le maire gonfla ses poumons, plissa la peau qui entourait son menton adipeux.

— Tout de même, capitaine, ce mort a-t-il vraiment une importance ? Des morts, malheureusement, ce n'est pas ce qui manque.

— Je ne dis pas que c'est important, mais ça pourrait l'être. Les millions de morts qui nous entourent ne parviendront pas à me convaincre de me désintéresser de celui-là. Enfin, là n'est pas la question. Cette jeune fille est identifiée, c'est une bonne chose.

Louyre parlait avec détachement car ni les êtres ni les choses n'avaient de prise sur lui.

— Attendez, reprit le maire, vous me dites qu'elle s'appelle Maria Richter et que vous l'avez trouvée dans une ferme que je connais. Mais cela ne m'autorise pas à affirmer qu'elle est la fille de Hans Richter.

— Pouvez-vous vous en occuper ?

Le maire leva les bras au ciel.

— M'en occuper ? Mais nous manquons de tout. Personnellement c'est impossible et je n'ai pas de structure pour le faire non plus. Nous avons une institution religieuse dans la ville, mais elle ne fonctionne plus. Les sœurs l'ont désertée, ne me demandez pas pourquoi.

— Pas d'orphelinat ?

— Euh oui, enfin... non, si... mais je crains que le prêtre qui s'en charge ne soit débordé.

— Vous ne pouvez pas la prendre avec vous ?

— Certainement pas. J'avais cinq enfants. J'en ai perdu un sur le front de l'Ouest et un à l'Est. Je n'ai pas de nouvelles du troisième. Ma femme est alitée. Je dois nourrir seul deux filles et nous n'avons plus rien.

— Bon, bon, fit l'officier. Mais on ne va pas pouvoir la garder éternellement.

— Elle est mieux avec vous pour le moment, je vous l'assure.

— Elle n'a pas de famille, par ici ?

— Pas à ma connaissance.

Le capitaine se retourna vers Maria.

— Tu as de la famille ?

La jeune fille restée allongée sur son lit fixa ses pieds et les affreuses chaussures qui les enserraient.

— Oui, mais loin.

— Qui?

— Une tante dans la ville de D...

Un silence s'installa, lourd et partagé. La ville nommée avait été complètement rasée quelques mois plus tôt. C'était peine perdue de rechercher ces gens-là.

— Nous ne sommes pas très avancés, conclut Louyre. Bien, on va la garder en attendant de trouver une solution ou que notre hiérarchie nous impose de nous en débarrasser.

L'officier fixa le maire dans les yeux.

— Pas un mot sur l'histoire de ce cadavre calciné, je peux compter sur vous?

— À qui voulez-vous que j'en parle? Nous avons une grande tradition de discrétion.

— Je sais.

— Bien, alors je vais vous quitter.

— Je vous laisse aller, monsieur le maire, mais avant que vous ne partiez, dites-moi, de quoi vivait cette ville avant la guerre?

Le maire tourna sur lui-même en regardant partout comme si la réponse se trouvait inscrite en petits caractères sur un mur. Puis il s'immobilisa d'un air désolé.

— Nous vivions d'agriculture. C'est ça. Une laiterie importante. Elle ne vous paraîtrait peut-être pas imposante mais, les bonnes années, elle traitait dans les vingt-cinq mille tonnes de lait.

Nous avions aussi une bonne petite industrie mécanique, en particulier une usine modeste mais performante qui faisait les palonniers de nos Messerschmitt. C'est à peu près tout. Un peu de confection aussi peut-être, des uniformes, pas seulement militaires, tout ce qui permet à une profession de se distinguer. Nous avons connu de grandes déceptions quand la Wehrmacht ne nous a pas retenus pour ses uniformes de fantassins juste avant la guerre. Ni les SS qui ont choisi Hugo Boss pour leur confection. Ils préféraient la grande couture, on peut le comprendre vu ce qu'ils représentaient. Mais, dès 41, l'armée s'est aperçue que nous étions indispensables. Cela nous a ouvert une période de prospérité interrompue par les premiers défauts de paiement qui sont devenus malheureusement endémiques. Nous n'avons pas interrompu la production ni la fourniture pour autant. Mais pour répondre à votre question nous n'avons jamais rien produit de stratégique car nous n'avons jamais été bombardés, signe de notre modeste contribution industrielle à l'effort de guerre.

— C'est tout ?

Surpris, le maire répéta :

— C'est tout. En 39, il a été question de cantonner des troupes ici. Un projet sérieux puisque cette petite caserne qui jouxte la mairie a été construite en quelques mois. Et puis la guerre est arrivée. Des unités de passage y dormaient avant. Mais personne n'est venu depuis.

— Très bien, dit l'officier lassé de l'entretien.

XI

Maria avait rajusté sa robe remontée le long de ses cuisses pendant son sommeil. Le garde avait posé son déjeuner sur le lit sans la réveiller. Après tout c'était son problème si elle dormait en pleine journée « cette couleuvre teutonne ». Sans doute cette réflexion était le prétexte qu'il se donnait pour contempler ses jambes sans que rien ni personne ne vienne interrompre ce spectacle volé.

Il lui devait de ne pas être affecté à d'autres tâches comme les patrouilles supposées sécuriser une région déserte où la nature ne montrait aucune mansuétude pour l'homme. Parfois, les nécessités du service devaient l'éloigner quand même, et il fermait la chambre à clé, le temps de ses sorties. Mais il avait hâte de la retrouver.

Elle était son seul objet de désir dans cette existence sans but qu'il menait depuis la guerre. Il ne lui montrait aucun sentiment, car il n'en avait pas. Il ressentait juste une sorte de précaution jalouse où elle tenait un rôle indéfinissable à mi-chemin entre le passe-temps et le fantasme. De nombreuses connexions nerveuses contradictoires chez cet être rendu médiocre par les circonstances de son enfance l'empêchaient de connaître des désirs clairs.

Maria le regardait le plus souvent sans le voir. Elle le pensait inoffensif et faible. Sa santé retrouvée en avait fait une femme. L'adolescence n'avait pas résisté à la parenthèse de la faim et de l'épuisement. Elle s'assit sur son lit en défaisant des deux mains une chevelure blonde au volume libéré par la propreté. Puis elle se leva, prit son plateau et se mit à manger avec appétit.

— Vous allez m'emmener chez moi.

Surpris de son ton péremptoire, le soldat lui demanda :

— Tu veux qu'on te ramène chez toi ?

— Oui, juste pour une fois.

— Pour quoi faire ?

— Je veux récupérer des choses personnelles.

— Quelles choses ?

— Des choses. J'ai dit qu'elles étaient personnelles.

Le planton soupira.

— Mais tu n'es pas en position de détenir quelque chose de personnel.

— Ça n'a aucun intérêt pour vous.

— Ce n'est pas à toi d'en juger. Ta maison est vide. À part ce cadavre dans une caisse, je ne me souviens pas qu'on ait trouvé grand-chose. D'autres étaient passés par là.

— Il reste quelque chose d'important pour moi. Je suis sûre que vous pouvez y aller.

— Je n'ai pas souvent l'occasion d'aller dans le coin, mais ça arrive. Qu'est-ce que tu me donnes en échange?

La question, automatique, lui était venue avant qu'il n'y réfléchisse vraiment, et il fut donc encore plus surpris de la réponse.

— Ce que vous voudrez.

Un liquide chaud lui traversa le ventre.

— Ce que je veux, tu es sûre de ce que tu dis?

Il chassa cette idée, mais elle répéta son offre d'une voix teintée de désespoir.

— Ce que vous voulez.

Il se gratta la tête tandis que Maria prenait la mesure de ce qu'elle venait de dire. Dieu pouvait s'en accommoder. Les nouvelles de son père étaient nécessaires à son existence. Elles en étaient le prolongement naturel. Sinon, à quoi bon vivre? La vie était prioritaire sur la morale. Ce n'était écrit nulle part, mais elle en avait la conviction. Le tempérament de Maria ne se prêtait pas aux interrogations profondes. Ses décisions tenaient plus d'une secrète impulsion que d'une réflexion méthodique. Et puis le Seigneur lui avait montré à plusieurs reprises qu'on ne reçoit rien sans donner.

— Et qu'est-ce qu'il faut te ramener?

Le garde s'était rapproché d'elle avant de s'asseoir sur sa couche. Il se tenait à moins d'un mètre, il la possédait déjà, même s'il n'en avait pas encore arrêté le principe.

Maria ne fit aucun geste pour se reculer. Elle s'assit en tailleur en recouvrant ses genoux avec sa robe et prit un ton de confidence.

— Il faut ramener des lettres.

Le garde fronça les sourcils.

— De qui sont ces lettres ?

— De mon père.

— De ton père ? Tu ne les as pas encore lues, ou tu veux les récupérer comme reliques.

— Je ne les ai pas encore lues.

— Pourquoi ?

— Parce que j'ai cassé mes lunettes.

— Il va te falloir quelqu'un pour te les lire.

— Je le sais.

— Peut-être que je vais te prêter mes yeux. On verra. On n'en est pas encore là.

Il s'arrêta, caressa sa barbe comme s'il en avait une.

— Mais, dis-moi, le macchabée qu'on a trouvé chez toi, tu es sûre que c'est pas toi qui l'as tué ?

Avant qu'elle ne puisse répondre, il l'arrêta de la main.

— Je peux comprendre, une gamine seule dans une ferme au cœur d'un pays où il n'y a plus ni foi ni loi, c'est tentant pour un esprit tordu.

— Mais je ne l'ai pas tué.

— Mais c'est toi qui l'as brûlé ?

— Oui.

— Bon Dieu, t'es une sacrée bonne femme. Plutôt que de l'abandonner aux vers tu as eu le cran de le cramer.

Il se gratta le haut du crâne où sa chevelure, abîmée par le casque, s'éclaircissait.

— Je ne comprends pas ton père. Laisser une gamine de ton âge toute seule dans une grande ferme comme ça...

— Je devais rejoindre ma tante.

— Pourquoi il ne s'est pas assuré d'abord que tu étais bien partie ?

— Parce que je voulais encore ranger des choses pour l'hiver.

— Et il t'a laissée faire ?

— Oui. Mais pour lui, je n'étais pas une petite fille. C'est lui qui m'a élevée. J'étais plutôt un garçon manqué.

— Mais pas une fille manquée, en tout cas.

Il eut un petit sourire qui mendiait la connivence. Maria ne releva pas. Il soupira profondément.

— Je comprends. Bon, je vais aller te les chercher ces lettres, mais pas un mot là-dessus. Et je te les lirai. Pour la contrepartie, on s'arrangera.

Il se leva et se sentit subitement honteux, car il ne savait pas lire. Un peu tout de même, mais pas toute une lettre.

— Parce qu'il y a forcément une contrepartie, c'est comme ça, on ne fait jamais rien pour rien, sinon on se fait avoir. Et moi, je suis pas le genre à me faire avoir. Hein, dis-moi, j'ai pas la tête d'un type à se faire avoir ?

— Non.

— Donc on est d'accord. Je ne peux rien te promettre sur la date. Il faut une opportunité. Si tout va bien, en fin de semaine, on fait le tour des fermes pour améliorer l'ordinaire. Il n'y a plus beaucoup de fermes en état mais ton voisin à quelques kilomètres a encore des vaches et du lait. On a le temps de toute façon. On est là pour un moment, sauf si tes compatriotes renaissent de leurs cendres, mais aux dernières nouvelles ils sont très mal sur tous les fronts.

— Nous allons gagner la guerre, répliqua la jeune femme avec beaucoup de naturel. Et si vous êtes fait prisonnier, je témoignerai que vous vous êtes bien comporté.

Le garde éclata de rire.

— Je sais pas où vous allez chercher une confiance pareille vous les fridolins. Ils vous ont fait entrer ça à coups de masse dans le crâne, ma parole !

Il lui demanda quel âge elle lui donnait. Elle s'approcha de lui au point de sentir son haleine âcre. Elle se recula d'un coup.

— Trente-cinq ans.

— Quoi ? Trente-cinq ans ? Mais tu es folle, j'en ai à peine vingt-cinq.

— Qu'est-ce que ça change ?

— Ça change qu'on n'a pas tant de différence d'âge que ça.

Il se leva un peu dépité, déçu que l'argument fasse si peu d'effet sur la jeune fille. Il prit le plateau et sortit, en proie à un sourd malaise.

— Pourquoi parlez-vous l'allemand? lança-t-elle alors que la porte se refermait sur lui.

— Parce que je suis lorrain.

— C'est quoi être lorrain?

— Tu ne sais pas où est la Lorraine?

— Non. C'est en Allemagne?

— Ça dépend des années. Bon, il faut que j'y aille. Pas un mot sur notre... arrangement.

— Quel arrangement?

Le garde soupira.

— Vous parlez allemand, mais vous parlez mal, comme quelqu'un de vulgaire.

Il la dévisagea d'un air ahuri puis il répondit :

— Tu verras qu'on finira par se comprendre.

XII

La légèreté du printemps, son souffle tiède sur les âmes, avait quelque chose de faussé que la nature ne fut pas longue à corriger. La pluie revint et, avec elle, le froid. L'eau se remit à dégouliner des arbres dont les feuilles prenaient des allures de réfugiés.

Le Lorrain ne fut pas prompt à satisfaire Maria. La perspective de sa récompense attisait en lui une joie secrète qu'il ne parvenait pas à s'avouer. Cette âme triste tenait pour de bon un moment de plaisir que les circonstances et l'injustice lui avaient toujours refusé. Il savourait cette attente sans joie excessive, tel un détenu devant un colis destiné à améliorer son ordinaire et conscient que les plaisirs sont de courte durée.

Le secrétaire et le gramophone n'avaient pas bougé de place. L'humidité avait recouvert leur bois d'une pellicule grasse. Le brun au teint mat inspectait les lieux, courbé, la vue basse. Voquel profita d'un moment d'inattention pour saisir les lettres et les dissimuler sous sa vareuse.

— Je ne comprends pas pourquoi tu nous as

fait revenir ici. Pour le gramophone ? Ou alors la petite t'a dit que son vieux avait caché de l'argent quelque part ?

Voquel ne prit pas la peine de répondre dans un premier temps, mais il sentit qu'il fallait qu'il s'explique :

— La petite ne m'a rien dit, mais moi je pense que son père ne peut pas l'avoir laissée seule dans une ferme sans lui avoir assuré un pécule. Si on tombe dessus tant mieux.

— Pourquoi t'as pas cuisiné la gosse ?

— Je suis affecté à sa garde, pas à sa torture.

— Sans parler de torture, il y a des moyens de rendre les gens bavards, t'aurais pu la priver de bouffe.

— Non, je préfère jouer la confiance, avec le temps tu verras.

— Alors qu'est-ce qu'on fout là aujourd'hui ?

— Comme on n'était pas loin, je me suis dit qu'avec un peu de chance.

— On ne laisse pas ces choses à la Providence. Allez, on s'en va.

Voquel entra dans la chambre de Maria en vainqueur. Elle dormait sur le ventre, les bras tombés de part et d'autre du lit, la tête de côté. Un curieux pli s'était formé sur son visage. Le soldat respecta son sommeil et vint s'asseoir sur le lit d'à côté, dégrafa sa vareuse pour se mettre à l'aise et une fois de plus fixa ce corps de femme. Comme chaque fois qu'il avait une raison d'être satisfait, un étrange sentiment nauséabond s'emparait de lui. Il s'allongea à son tour, de côté, orienté vers elle. De cet observatoire improvisé, il pouvait l'observer. Quand la jeune fille ouvrit les yeux et le vit là, si près, elle se recula d'instinct. Voquel, un peu confus, se releva pour s'asseoir au bord du lit. Elle s'assit à son tour et ils se firent face ainsi un bon moment sans rien se dire.

Voquel savoura cette attente et quand il fut temps de la quitter il lui annonça d'un ton très neutre qu'il avait les lettres, là, dans sa vareuse. Il en sortit une, à demi, pour lui montrer qu'il disait vrai.

— Donnez-les-moi, lança-t-elle en se levant.

Il l'arrêta en dressant son bras vers elle.

— Et ça servira à quoi ? Tu n'as pas de lunettes pour les lire. Tu risques qu'on te les confisque et que tu ne les revoies plus jamais.

— Vous aviez dit que vous alliez me prêter les vôtres de lunettes.

— Sais-tu seulement si elles sont adaptées à ta vue ?

— Faites-moi essayer.

— Il est trop tôt.

— Trop tôt pourquoi ?

Il inspira, fort de ce pouvoir sur un être, une nouveauté pour lui.

— Un dicton dit : « Chaque chose en son temps. » Tu tiens à ces lettres, n'est-ce pas ?

Maria acquiesça, inquiète.

— Alors tu dois réfléchir aux sacrifices que tu es prête à faire pour les lire.

Ces paroles furent suivies d'une moue qui exprimait un terrible ressentiment. Il poursuivit :

— Est-ce que tu t'es demandé si tu pourrais m'aimer. Attention ! je ne veux pas de réponse. Je veux savoir si tu t'es posé la question d'aimer un homme tel que moi ?

Elle le regarda fixement.

— Oui, je me suis posé la question.

De peur qu'elle n'aille plus loin, il fit un geste de la main pour couper court.

— Tu me donneras la réponse un autre jour.

Et il quitta précipitamment la pièce en refermant doucement la porte derrière lui.

XIII

La salle du conseil de la mairie était au premier étage d'un bâtiment sombre et ouvragé. On y accédait par un escalier en granit de Norvège. La salle sans être immense était assez vaste pour inspirer la triste solennité de sa fonction. Au plafond étaient accrochés deux énormes lustres de cristal qui pleuraient comme des saules. Une photo colossale du Führer en gros plan, où l'on pouvait lire jusqu'à sa couperose, au-dessus d'un drapeau nazi aux teintes passées, mangeait le mur du fond. Sur les tentures grises poussiéreuses s'alignaient dans de lourds encadrements dorés les portraits des maires qui s'étaient succédé depuis le début du siècle précédent. Gras ou émaciés, tous avaient un air de responsabilité grave. Trois hautes fenêtres donnaient sur une cour pavée fermée en cheminée, d'où la lumière peinait à circuler. Une longue table en bois plein et sombre s'allongeait, ceinte par une vingtaine de chaises au dossier ogival. Le capitaine Louyre y avait étalé une carte d'état-major du canton dont il avait provisoirement la charge. Il s'était assis dos à la fenêtre pour profiter du peu de lumière qui parvenait à s'infiltrer. L'électricité dont la centrale avait été atomisée six mois plus tôt par un bombardement américain n'était pas rétablie. Un bras pendant le long de sa chaise, il se tenait les jambes tendues, les pieds posés sur le drap vert qui recouvrait la table à la manière d'un Américain. De l'autre main, il fumait une cigarette.

On frappa à la grande porte et elle s'entrouvrit. Il ne vit d'abord qu'un œil puis la tête contrariée du maire qui s'avança pour de bon avant de s'asseoir en face de l'officier. Louyre parlait un allemand littéraire hérité de ses longues études, mais il ne dit rien, et resta un long moment à admirer les volutes capricieuses de la fumée qui montaient vers le plafond en se dispersant.

— Vous ne trouvez pas bizarre l'histoire que nous a racontée la jeune fille l'autre jour?

Le maire prit un air étonné.

— Quelle histoire s'il vous plaît?

Louyre écrasa sa cigarette dans un grand cendrier blanc et laid.

— L'histoire de ces ossements qu'on a retrouvés chez elle.

Le maire fit une grimace qui n'exprimait rien sinon qu'il aurait préféré être ailleurs.

— Vous permettez que je m'assoie.

L'officier désigna le siège en face de lui.

— Faites.

Il prit une autre cigarette et l'alluma avec un gros briquet à essence.

— J'essaye de comprendre. La jeune fille prétend que des hommes sont venus chez elle réquisitionner tout ce qui s'y trouvait. Il y a environ six mois, mais elle ne peut pas être précise sur la date car elle n'avait plus de calendrier. Avez-vous une idée des personnes impliquées dans ces réquisitions ?

Avant que le maire n'ouvre la bouche, il le coupa :

— Ces réquisitions ont-elles procédé d'un ordre officiel ?

Le maire croisa ses mains sur ses genoux joints.

— Pas à ma connaissance en tout cas. Il se peut qu'une action ait été entreprise du côté de la police mais nous n'avons pas le moyen de vérifier.

— Pourquoi ?

— Parce que vous le savez bien, monsieur l'officier...

— Capitaine.

— Capitaine, vous savez bien que les policiers ont été affectés au front de l'Est, sauf deux qui ont disparu.

Louyre recracha la fumée de sa cigarette par petites poussées cadencées.

— On ne déménage pas des fermes entières sans laisser de traces, monsieur le maire. Si ces actions n'avaient rien d'officiel, elles procédaient d'un trafic. Vous êtes bien sûr de ne pas l'avoir couvert?

— Bien sûr que non. Je ne suis pas un opportuniste, capitaine.

— C'est ce que je sentais mais il est bon que vous me le confirmiez.

— Si vous me permettez, pourquoi vous intéressez-vous à cette découverte macabre. Ce ne sont pas les morts qui manquent dans cette guerre et de toutes les sortes, des belles, et des moins belles.

— Des belles?

— C'est une façon de parler.

— Je m'intéresse à ces ossements, monsieur le maire, parce qu'ils m'intriguent. Je ne sais pas où ils peuvent me conduire et en cela ils attisent ma curiosité.

— Pardonnez-moi capitaine, mais, dans le civil, étiez-vous une sorte de policier ou de magistrat?

Louyre sourit et se laissa glisser le long de sa chaise.

— Je n'appartenais à aucune de ces corporations. Cela m'a évité de me déshonorer.

Son regard croisa celui de Hitler, il profita pour ajouter:

— À propos, il faudrait décrocher et détruire ce portrait.

Les yeux du maire se mirent à tourner sur eux-mêmes telles les aiguilles d'une boussole affolée.

— Vos hommes ne pourraient pas le faire eux-mêmes?

— Pourquoi, vous craignez un sacrilège?

Le maire ne répondit rien, il se contenta de fixer le cendrier. L'officier revint sur le portrait.

— C'est la première fois que je vois un visage s'animer sur une photo. C'est très étrange, on dirait qu'on ne peut pas le contraindre à la fixité. On y lit de grandes terreurs, de l'ampleur de celles qu'ont les enfants. Vous ne trouvez pas?

Le maire ne bougea pas. Louyre changea de sujet.

— Vous voyez, je n'ai de goût que pour les mystères métaphysiques. Les intrigues policières m'ennuient car elles ne sont que de petits règlements de comptes entre hommes.

— Je ne me suis pas posé la question, mais il est vrai que je ne me suis jamais intéressé aux histoires de meurtres.

— Que faisiez-vous avant d'être maire de cette ville?

Le maire cédant à l'hésitation, ne parvint pas à répondre. Louyre le regarda avec une intensité calculée.

— C'est si honteux que cela?

Les lèvres du maire s'animèrent sans s'ouvrir puis il finit par dire :

— J'étais professeur de philosophie.

Il baissa la tête. Il resta ainsi un bon moment. Seulement quand il la redressa, Louyre lui lâcha :

— Ce n'est pas facile de faire du doute son métier. On se brûle vite à côtoyer l'essentiel, et j'imagine qu'on se sent tellement soulagé quand on y renonce. Mais en refusant le doute, on est certain de se priver de la vérité.

Le silence s'installa. Le capitaine se retourna et regarda vers la cour où la pluie rebondissait timidement sur les pavés luisants. Il revint vers son interlocuteur et poursuivit presque à voix basse.

— Monsieur le maire, la vindicte n'est pas mon moteur. Nous sommes partis pour coopérer un bon moment, vous et moi. À moins que les Alliés n'en décident autrement ou que l'issue de la guerre ne soit inversée — ce dont je doute — nous allons occuper cette région quelque temps. Je ne resterai pas ici éternellement, mais assez pour que nous apprenions à nous connaître. Je vais vous faire une confidence. Ce qui m'honore d'être français, c'est de ne pas être obligé d'être fier de mon pays, tout en l'aimant, bien sûr. Nous devons punir ceux qui le méritent, comme nous avons commencé à le faire chez nous, mais nous sommes là aussi pour vous aider à vous relever. Je vous conseille de collaborer avec moi. Il y va de votre intérêt que ma compréhension des faits soit la plus large possible. Vous me comprenez?

— Je vous comprends.

— Mais je ne vous ai pas convoqué pour vous entretenir de généralités. L'autre jour, quand je vous ai posé la question de l'activité économique de la ville, vous ne m'avez répondu que partiellement.

Le maire mit la tête de côté à l'image d'un chien surpris par un son inconnu.

— Partiellement vous dites?

— Oui partiellement. Vous avez oublié de me mentionner le plus gros employeur de la ville.

— Qui donc?

— L'hôpital.

— L'hôpital?

— Oui, l'hôpital. Je m'intéressai hier à ce bâtiment imposant qui domine la ville. On dirait qu'il a une emprise sur elle. Je l'imaginais comme un ancien fort reconverti en prison. Mais non, on m'a dit que c'est l'ancien hôpital, je me trompe?

Le maire prit le temps de la réflexion.

— Nous n'avons jamais eu à proprement parler d'hôpital ici, juste une maison de repos.

— Pour qui?

— Pour les malades en longue convalescence.

— Alors pourquoi est-elle fermée? Ce n'est pas ce qui doit manquer, les gens en convalescence par les temps qui courent.

— Elle a été fermée par décision gouvernementale.

— Vous savez pourquoi?

— Non. Ils avaient leurs raisons, sans doute, et nous avons pris l'habitude de ne pas les discuter.

— Pourtant, ce sont des dizaines d'emplois qui ont été supprimés dans une bourgade modeste. Ce n'est pas sans conséquences.

— Pas à ma connaissance. La carte des mai-

sons de repos a été modifiée pour des motifs sérieux, j'imagine.

— Mais alors, monsieur Müller, comment
expliquez-vous que les employés de cette maison de repos, comme vous dites, soient encore
payés.

Piqué, le maire se redressa.

— Qui vous a dit ça ?

— Une femme de service qui fait le nettoyage
ici. Elle s'en est ouverte incidemment à un de
mes soldats, qui a fait le lien avec ce grand bâtiment vide, que je me propose d'aller visiter cet
après-midi. Voulez-vous m'accompagner ?

Le maire fut saisi d'un accès de panique avant
de reprendre le contrôle de lui-même.

— Vous y tenez vraiment ? C'est que je suis
occupé.

Louyre lui sourit.

— Occupé ? Comment pouvez-vous l'être
alors que je fais votre travail ?

— C'est-à-dire que... Mais qu'est-ce qui peut
bien vous intéresser dans une maison de repos
vide ?

— Rien de particulier. Si ce n'est qu'elle est
vide. Une jeune fille affamée retrouvée près d'un
corps carbonisé, une maison de convalescence
désertée en temps de guerre, il y a là des secrets
palpitants pour un homme ordinaire menacé
d'ennui. Dans un autre pays, encore, je ne dis
pas. Or je sais qu'ici vous n'aimez pas impro-
viser. Voulez-vous que je vous raconte une histoire ? C'est celle d'un enfant allemand muet.

Depuis la naissance, il n'a jamais parlé. Ses parents lui ont fait consulter les plus grands médecins. Il ne parle toujours pas. Et puis, un jour, à la stupéfaction générale, il ouvre la bouche et lâche : « La soupe est froide. » Ses parents sont sous le choc, bouleversés, et on les comprend. « Pourquoi tu ne parlais pas alors que tu étais capable de le faire ? » L'enfant, très maître de lui fixe ses parents et leur répond d'un ton sec : « Oui, jusqu'ici, tout était parfaitement organisé. »

Il se mit à rire, d'un rire un peu forcé.

Le visage du maire resta impassible :

— Les histoires sur les peuples stigmatisent des traits de caractère ridicules.

L'officier se leva, aussitôt suivi par le maire.

— Dites-moi, qui dirigeait cette maison de convalescence ?

Le maire hésita.

— Le docteur Halfinger.

— Où est-il maintenant ?

— À la retraite.

— Et sait-on où il habite ?

— Il a quitté la région.

— Pour aller où ?

— Je l'ignore. Vous devriez demander à son administration, elle doit le savoir.

— Et où se trouve cette administration ?

— À Berlin.

— Bien, bien, nous avons tout le temps.

Il alluma une nouvelle cigarette et désigna sa chaise au maire qui ne comprit pas.

— Asseyez-vous encore un petit moment, s'il vous plaît.

Il se mit à déambuler, une main dans la poche.

— Je dois pouvoir compter sur vous. D'autres viendront après moi, qui n'auront peut-être pas ma façon de faire. Je sais que quand vous me regardez vous me voyez du côté des vaincus. Vous avez tort. Et vous m'avez menti.

Il se retourna pour voir l'effet produit sur le professeur Müller. Mais ce dernier n'eut aucune réaction.

— Le docteur Halfinger n'a pas l'âge de prendre sa retraite.

XIV

La partie de cartes battait son plein, comme tous les soirs, autour d'une table raflée à la mairie. Des bouteilles de bière vides jonchaient le sol. Le cendrier débordait et un nuage épais s'élevait pour se disperser contre le plafond du dortoir à l'avant-dernier étage de la caserne. Une lampe au gaz diffusait une lumière timide. Voquel se tenait en retrait, la tête dans les mains. Il avait bu une ou deux bières et refusé la troisième. Il n'aimait pas jouer. Il n'en voyait pas l'intérêt et ne parvenait pas à se concentrer sur le jeu. Lire ne l'intéressait pas non plus, pour quoi faire? Chaque fois qu'il pliait le tronc, le coin des lettres appuyait sur son plexus lui rappelant la jeune fille, à l'étage supérieur. Poussé par l'ennui plus que par la préméditation, il se leva et se dirigea vers la porte. Sa démarche nonchalante n'éveilla pas la curiosité de ses camarades. Il monta le large escalier, en s'aidant de sa torche qu'il économisait en l'éteignant dès que la lumière naturelle lui permettait de distinguer les reliefs. Il traversa le long couloir qui résonnait de ses pas. Une nuit noire enveloppait les fenêtres. Il sortit sa clé de sa poche et l'introduisit dans la serrure de la chambrée. On n'y voyait strictement rien. On aurait dit que la lune ne voulait rien savoir de cette chambre. De sa torche, il éclaira le lit de Maria et sursauta quand il vit ses yeux ouverts. Elle ne dit rien. Lui non plus. Il se contenta de s'asseoir à sa place habituelle dans un grincement de sommier sinistre. Puis il soupira, peut-être pour chercher à lui indiquer sa détresse.

Le désir des femmes était un drôle de serpent. Il se souvenait des premiers mois de privations, quand elles tournaient à l'obsession et que tout venait lui rappeler leur absence. Il avait réalisé que sa frustration n'était pas plus forte qu'en temps de paix. Le retour des bordels de campagne l'avait soulagé un temps, puis il y avait renoncé, lassé de n'être pas désiré. Or désiré, il ne l'avait jamais été. Ni par ses parents ni par personne. Quand il se rappelait sa mère, il n'arrivait pas à s'imaginer qu'un homme ait eu envie d'elle et il se demandait bien à quelle pulsion ce type, son père, avait pu céder pour lui faire un enfant. Il ne pouvait pas le blâmer de ne pas l'avoir reconnu. Il en aurait fait de même à sa place. Légitimer l'enfant, c'eût été reconnaître qu'il avait désiré la mère. D'ailleurs cela ne s'était pas produit deux fois puisqu'il était fils unique. Sa mère montrait à son égard une étonnante neutralité. Elle ne le considérait ni comme l'enfant de la honte, ni comme celui de la joie.

Il n'avait pas souffert de l'Occupation, et quand les privations s'étaient généralisées, que les autres accédèrent à sa pauvre condition, cela l'avait rassuré. Il s'était engagé pour briller auprès de femmes inconnues, à une période où personne ne lui demandait rien. Mais l'héroïsme qu'il avait tant espéré s'était refusé à lui. Les circonstances l'avaient évité, lui et son besoin de reconnaissance.

Maria se releva, et s'assit, appuyée contre sa tête de lit, les jambes repliées, la couverture tirée jusqu'au cou. Elle ne parla guère pour autant. Voquel alluma sa lampe torche, il la braqua sur la jeune fille qui regardait droit devant, fixant une ligne imaginaire. Voquel éteignit sa lampe.

— J'ai les lettres sur moi.

Elle ne répondit rien.

— Tu m'avais bien dit que tu avais hâte de les lire ces foutues lettres !

Après un temps, elle répondit :

— Je n'ai pas de lunettes.

— J'ai les miennes.

— Et si elles ne conviennent pas ?

— Je te les lirai.

Elle prit son temps une nouvelle fois.

— Les mots de mon père ne peuvent pas sortir d'une bouche telle que la vôtre.

Voquel resta silencieux. Elle poursuivit :

— Mon père n'était pas un paysan, c'était quelqu'un d'éduqué qui avait fait de bonnes études. Notre ferme était une grosse ferme, une des plus grosses fermes de la région.

Voquel réagit en petit garçon vexé :

— Attention, je vais les brûler, moi, tes foutues lettres.

La colère monta et l'on sentit qu'il n'y pouvait rien.

— J'ai horreur des gens qui ne savent pas ce qu'ils veulent ! Toujours à tourner autour du pot. J'ai été les chercher et maintenant quoi, hein, dis-le !

Ses paroles retentirent dans la chambrée vide et il en fut surpris lui-même. Il poursuivit à voix basse :

— J'ai honoré ma parole, j'ai fait ce qui était prévu, tu me dois une contrepartie.

— Je sais, répondit-elle sèchement avec une voix de femme qu'il ne lui connaissait pas. Alors donne-moi les lettres, toutes les lettres.

Il avait rallumé la torche et la promenait sur la jeune fille comme un cheminot qui vérifie les attaches des wagons. Il la vit remonter sa jupe et descendre sa culotte. La blancheur et la rondeur de la hanche exposée maladroitement à la lumière déclencha un renvoi aigre dans sa bouche.

— Allez, viens, fit-elle mimant l'impatience.

Il éteignit la torche d'un coup et se recula.

— Non, non et non.

— Pourquoi ? fit-elle de sa voix retrouvée d'adolescente.

— Parce que c'est moi qui décide.

— Qui décide quoi ?

— Qui décide, c'est tout. Je veux des sentiments.

— Des sentiments ? dit-elle en riant. Mais nous n'avons jamais parlé de sentiments en échange des lettres. Et puis comment peut-on échanger des lettres contre des sentiments. Les sentiments, ça ne se commande pas.

Elle ajouta :

— Et je ne sais pas faire semblant.

— Bon, bon.

Il prit l'air de quelqu'un qui cherche une solution. D'une voix qui se voulait assurée il poursuivit :

— Tu l'as déjà fait ?

La jeune fille ne répondit d'abord rien. Imaginant ses scrupules, elle le rassura :

— Oui.

— Avec qui, des camarades d'école ?

— Non. Avec un policier.

Elle avait improvisé cette réponse qui lui semblait le mensonge le plus proche de la réalité.

— Un policier, quel policier ?

Maria ne répondit rien, et Voquel s'échauffa.

— Le policier qui a tué le macchabée que j'ai retrouvé. Hein ? C'est pas clair ton histoire. Mais cela ne me concerne pas.

Il se calma de nouveau.

— Tu ne veux pas m'aimer un peu, ça serait tellement plus simple.

Il éclaira le visage de la jeune fille qui fit non

de la tête. Sa robe remontait toujours sur son ventre.

— Et puis, tu as quel âge pour de bon?

— J'ai seize ans depuis hier.

Elle dit cela, mais elle n'y pensait pas. Elle s'étonnait de sa résignation. Elle trouvait correct d'offrir une contrepartie aux lettres. C'était un signe. Un de ces signes qui lui étaient adressés régulièrement. Aucun sacrifice n'était inutile. Un jour, il serait largement compensé, elle le savait. Qu'est-ce que Dieu allait lui offrir en échange? Elle en faisait l'inventaire, pareille à un enfant devant une vitrine de cadeaux de Noël. Elle avait été cet enfant. Une victoire de l'Allemagne et le retour triomphant de son père. Dieu y ajouterait peut-être aussi le retour des garçons de ferme. Alors si on faisait la somme de tous ces bonheurs, c'était un sacrifice raisonnable qu'on exigeait d'elle. Elle se demanda même s'il n'était pas insuffisant pour faire revenir son père dans une Allemagne victorieuse. Elle n'eut plus qu'une idée en tête : se donner au Français, à cet infâme porc au regard plus étèint qu'une fosse à purin. Cette idée comportait un autre avantage, jamais il ne serait dit qu'elle avait été forcée. Elle savait de quoi elle parlait. Sans la protection du Seigneur, le policier l'aurait violée, elle le savait. Mais là, il ne s'agirait jamais d'un viol. Jamais... Plutôt d'une offrande.

Elle dégrafa le haut de sa robe boutonnée jusqu'au cou. Puis elle la fit glisser tout entière. Elle tendit la main vers le soldat.

— Viens !

Il se leva du lit où il était assis et s'approcha, le souffle court. Il posa sa main sur son nombril comme s'il craignait que quelque chose ne s'en échappe.

Elle mit sa main sur la sienne puis la serra pour l'emprisonner. Elle se souleva légèrement et, de l'autre main, elle s'empara de ses lunettes. Elle ordonna :

— Les lettres !

Il posa la torche entre les genoux de Maria puis saisit le paquet de lettres dans sa vareuse et lui donna.

— Éclaire-moi !

Elle remonta son dos contre le montant du lit, posa les lunettes sur son nez. Dans la pénombre et son jeu d'ombres portées, ces lunettes lui donnaient une tête effrayante. La main de Voquel n'avait pas quitté son ventre. Il éclaira dans la direction des lettres qui reposaient devant sa main. Leur ordre n'avait pas changé. Les deux premières avaient été ouvertes et lues. La troisième, ouverte également, n'avait jamais pu être déchiffrée. Les quatre suivantes, aussi humides que les précédentes mais plus lourdes, n'étaient pas décachetées.

Voquel qui ne tenait plus courbé s'agenouilla pour garder sa main posée sur le ventre de la jeune fille. Elle se saisit de la lampe avec autorité, lut la lettre avec difficulté à cause des lunettes qui n'étaient pas à sa vue. Quand elle eut fini, elle soupira, replia la lettre et s'empara d'une autre qu'elle s'apprêtait à ouvrir quand elle sentit la grosse main du Français l'en empêcher. Il prit le paquet de lettres et le posa par terre avec la lenteur de quelqu'un qui craint une réaction. C'était pour elle le signe qu'il faudrait payer pour chaque lettre, chose dont ils n'avaient pas discutée mais il était trop tard, elle n'avait plus la force de négocier. Ensuite, il détacha sa ceinture, fit glisser son pantalon sur ses hanches et s'allongea sur elle, alors que des yeux elle fouillait le plafond en quête d'un point à fixer.

XV

L'adjudant se moucha d'un revers de main.
Une humeur maussade se lisait sur son visage.
L'inaction lui pesait. Certes il avait de l'occupation, mais il sentait qu'il n'était plus question de
bataille.

— Retrouver un médecin. Mais comment
voulez-vous que je fasse, mon capitaine. Je suis
soldat, pas policier.

— Je sais, je sais.

Louyre, absorbé par ses pensées, n'avait pas
un regard pour son subordonné.

— Mais pourtant, il faut le retrouver.

L'adjudant toujours circonspect s'assit sur la
grande table.

— Qu'est-ce qui vous intéresse particulièrement chez ce médecin?

Louyre sortit une cigarette.

— Qu'il soit parti à la retraite à un peu plus
de cinquante ans. Que la maison de convalescence ait fermé à un moment où les blessés se
comptent par millions, que Müller regarde en
l'air lorsque j'évoque avec lui cet établissement

qui a été le premier employeur de la ville. Je sens des ombres se faufiler dans mon dos. En bref, j'ai l'impression que l'on me cache quelque chose et je n'ai pas la moindre idée de ce que cela peut être.

— Je comprends bien, mon capitaine, mais pardonnez-moi d'être direct, qu'est-ce que ça peut faire ?

— Justement, je n'en sais rien et c'est cela qui m'intéresse.

— Les blessés ont peut-être été regroupés dans une certaine partie de l'Allemagne, plus près des fronts.

— Non, l'arrière c'est toujours l'arrière. Et nous ne sommes pas si loin. J'ai plein de bonnes raisons de laisser tomber car, après tout, en quoi sommes-nous concernés ? Mon grand-père qui était caissier dans une banque avant la Grande Guerre me disait qu'une différence de quelques centimes dans l'encaisse pouvait être la différence entre plusieurs millions déplacés, vous comprenez ?

— Je comprends, mais est-ce là notre mission ?

— Notre mission ? répéta Louyre surpris. Vous savez quelle est notre mission ?

— Euh oui, prendre le contrôle de ce canton, l'administrer, y remettre de l'ordre.

Louyre se caressa le haut de la lèvre supérieure en mimant le geste de lisser une moustache.

— Justement. La désertion de cette maison

de convalescence n'est pas un problème en soi. Sauf qu'il s'y ajoute le cadavre de cet homme, retrouvé en même temps que la jeune fille.

— Je ne vois pas le lien.

— Moi non plus. C'est bien ce qui m'intrigue.

— Si vous ne voyez pas le lien, pourquoi vous acharner ?

— J'ai l'intuition d'une relation entre les deux. Mais peut-être ai-je tort.

— Vous voulez vraiment que je recherche ce médecin chef ?

— Oui, j'y tiens. Ce n'est pas un ordre, c'est une incitation. Et je vous en serais reconnaissant.

L'adjudant soupira.

— Je vais m'en occuper. Mais je ne comprends toujours pas pourquoi on nous a laissés là, à l'arrière, au lieu de marcher sur Berlin. On n'avait pas démérité pourtant, on s'est bien battus, non ?

— Je crois, mais de leur point de vue, ces nouvelles responsabilités sont une façon de récompenser nos mérites.

— Vous pensez vraiment ?

— J'essaye de m'en convaincre. Faites la même chose.

— Et que dit le commandement ?

— Le commandement ne dit rien. Les batailles que nous avons livrées ne font pas oublier aux Alliés que nous avons passé une bonne partie de la guerre dans l'autre camp.

— Mais pas moi, ni vous, mon capitaine !

— Non, mais nous ne sommes pas la France, ni vous ni moi. Je n'ai aucune idée de ce qui se tracte en haut lieu. Le colonel non plus.

— Et combien de temps allons-nous rester dans ce trou perdu ?

— Le temps qu'il leur faudra pour se décider à nous envoyer ailleurs. Ou peut-être dans nos familles.

— Je n'ai pas de famille.

— Alors il vous faudra vous trouver une autre guerre. Mais vous ne pourrez pas toujours croiser de grandes causes, Hubert.

L'adjudant resta circonspect. Il hésita à parler quelques secondes puis se lança :

— Il y a quelque chose qui m'étonne, mon capitaine. Vous savez que je ne suis pas toujours d'accord avec vous et que parfois je vous ai trouvé un peu inexpérimenté au regard des circonstances, mais il y a un truc bizarre, quand on vous écoute parler, on a l'impression que vous êtes beaucoup plus vieux. Pas dans le métier des armes, mais tout simplement plus vieux.

Louyre le regarda intensément avant de détourner les yeux pour ne pas le gêner. Il sourit légèrement :

— Parce que je suis astronome. Plus vous vivez haut, plus vous vieillissez vite, car la distance parcourue est plus grande. Déjà un homme des montagnes prend de l'âge plus rapidement qu'un homme des plaines, alors vous imaginez dans l'espace.

— Et qu'est-ce qu'on y voit là-haut?

— Des étoiles par millions, toutes plus mortes les unes que les autres. Comme si elles attendaient que la nôtre les rejoigne dans le grand concert du silence sidéral. On n'en est pas passés loin cette fois-ci.

Hubert s'éclaircit la voix. Il rentra la tête dans ses larges épaules et d'une voix douce inhabituelle, il dit :

— Vous croyez en Dieu, mon capitaine.

Louyre le regarda surpris, réfléchit un instant puis répondit :

— Assez pour me poser la question de son existence.

Un peu honteux de s'être laissé prendre à ce qui aurait pu passer pour de l'émotion, Hubert courbé par la réflexion se releva d'un coup :

— Et on fait comment pour le retrouver cet homme?

— Cela ne doit pas être compliqué. Il est temps de profiter des avantages du système qui a fait notre malheur. Ils sont remarquablement organisés.

— Comment savez-vous qu'il est à la retraite?

— Furtwiller a une accointance avec une femme de service de la mairie, qui le considère en Allemand parce qu'il est alsacien. Elle pense qu'il est avec nous contre son gré. Il ne faut pas la contrarier. Elle s'épanche. C'est elle qui lui a dit qu'elle avait travaillé à l'hôpital avant qu'on ne le ferme sans raison. Et on l'a replacée à la mairie. Mais Furtwiller a eu l'impression qu'elle ne pouvait pas tout lui dire. Quand elle en vient à l'essentiel, les mots ne sortent pas, elle devient soudain absente et, me dit-il, « elle se met à sourire, gênée ».

Hubert reprit ses réflexes de militaire :

— Et la petite, on n'a pas mené très loin l'investigation ?

— J'attendais qu'elle se refasse une santé.

— Un drôle de peuple tout de même. Laisser une gosse toute seule dans une ferme abandonnée.

— C'est elle qui le voulait, semble-t-il.

— Vous me direz ce que vous voudrez, mais je reste persuadé qu'elle a mangé le type qu'on a retrouvé.

Louyre sourit. Hubert en fut intrigué.

— Vous trouvez ça amusant, mon capitaine, moi ça me fait froid dans le dos.

— Dans le cannibalisme, il y a une forme de respect de l'autre. On le met à l'intérieur de soi. Rien à voir avec les abattoirs qu'on pratique dans nos guerres, où on abandonne la viande au bord des routes. Mais là, de toute évidence, si elle a mangé cet homme, c'était un de ses congénères. Ni les Américains, ni les Anglais, ni nous n'étions dans la zone.

Louyre s'était vendu la guerre comme une aventure rebutante dont il ne pouvait pas être absent. Son esprit sceptique avait très jeune sapé sa confiance dans sa propre espèce. Dès le lycée, incapable de s'intégrer parmi ses camarades à la conscience étriquée, il s'était placé en spectateur amusé de l'existence. Il furetait. Ses camarades s'obstinaient à justifier qu'on ait pu s'entre-tuer quatre longues années durant, entre quatorze et dix-huit, sans que jamais personne ne lève le petit doigt pour demander grâce. Il en avait soupé des poilus qui ponctuaient leurs vies de commémorations macabres, où chacun pleurait les morts en célébrant sa petite vie qui n'avait jamais compté pour rien, de cette génération jalouse de sa guerre, la seule remarquable de l'histoire des guerres. Elle justifiait à elle seule qu'on ait laissé l'Allemagne se réarmer dans un mensonge dont personne n'avait été dupe. Si on haïssait le boche, il n'en allait pas de même pour l'Allemand. On l'admirait même secrètement, on lui jalousait un peu ce qui nous faisait défaut, cet esprit systématique et industriel, car il y avait dans ce peuple un peu du meilleur de nous-mêmes, de cette radicalité évaporée dans un siècle et demi de gauloiseries et une franchise surprenante, qui l'autorisait à mener ses haines jusqu'à ses extrémités sans connaître le remords, cette pourriture de la conviction.

Même si les dictatures l'indisposaient, Louyre n'avait pas cette foi combattante qui rend les choses si lumineuses de simplicité, quand le mal devient trivial. La campagne d'Italie lui avait valu du galon, gagné à l'intelligence plus qu'au courage, une notion bien lointaine pour lui, qui par un défaut de naissance ne connaissait pas la peur ni le mérite de l'apprivoiser. Il y avait dans cette guerre quelque chose de définitif à comprendre, dont les contours étaient encore mal définis. Des siècles de tâtonnement militaire, de timidité à tuer, de justifications territoriales maladroites avaient finalement conduit à cette apocalypse qu'il allait falloir de toutes parts se hâter d'oublier. La grande répétition de 1914 s'était faite sans motif, mais cette fois, on avait mis de la substance à s'entre-tuer. Les hostilités finies, chacun retrouverait le chemin de la tranquillité, la paisible bonne conscience d'avoir éradiqué une bonne fois pour toutes ce qui, sous des airs de matador, fait de l'homme un être débile, navré, moutonnier, avare de son intelligence autant que de son argent, consternant de conformisme jusque dans l'abattage de la partie adverse désignée en quelques mots simples et compréhensibles de tous.

XVI

Hubert parti, Louyre, voyant la tache sombre
du soleil descendre dans le ciel plombé qui
s'insinuait entre les toits, décida de profiter des
dernières minutes de jour pour rendre visite à
l'adolescente dont il ne savait décidément pas
quoi faire. Son intuition le poussait à la garder
et si le maire n'était pas venu en début d'après-
midi lui demander instamment de la lui rendre,
celle-ci n'aurait pas suffi à le convaincre de la
garder. Maria était, se disait-il, un des éléments
de cette énigme qui rend supportable par ses
perspectives notre stationnement dans cette
bourgade sans caractère, où même le fleuve ne
ressemble pas à un fleuve, mais à un redoutable
constricteur. L'O... passait sous un pont de la
grande rue, en aval de la mairie. On voyait le
cours d'eau se prélasser depuis la fenêtre de la
chambre de la jeune fille et sa lenteur suspecte
en période de pluies diluviennes ajoutait aux in-
cohérences qui habitaient cette contrée. Louyre
se mit en marche avec l'assurance trompeuse
des grands anxieux qui, frappés dès l'enfance

par la conscience douloureuse de leur fin, face aux événements chargés de la précipiter, s'efforcent de donner l'image d'une solide légèreté.

Maria pleurait. Quand Louyre lui en fit la remarque, elle en fut gênée car le flot continu de ses larmes se déversait sans affliction ni drame, telle une plaie qui suinte à l'aise dans un combat loyal contre une infection sans gravité apparente.

— Qu'est-ce qui ne va pas?

Elle sécha ses larmes. Voquel se tenait derrière le seuil de la porte ouverte, ivre d'inquiétude. Elle le désigna des yeux, assez intensément pour que Louyre se retourne et scrute du regard le soldat qui s'efforçait maladroitement de ne rien laisser paraître de son angoisse.

— Il m'a pris mes lettres.

Louyre s'avança et, sans hausser le ton, interrogea :

— Quelles lettres?

Elle s'enfonça un peu plus dans sa couche.

— Les lettres de mon père.

Louyre fit signe à Voquel d'entrer.

— Qu'est-ce que c'est que cette histoire de lettres?

Voquel, à demi décomposé, bafouilla :

— Je les ai confisquées, mon capitaine.

Louyre le fixa, suspicieux.

— Où étaient-elles?

Alors que Voquel préparait sa réponse, Maria le sauva inopinément de l'embarras.

— Quand je suis venue, je les avais sur moi. Mais le soldat me les a prises quand je les ai posées près de mon lit.

Tout cela était logique, à ceci près que le soldat n'était pas habilité à prendre des mesures de confiscation sans en référer à ses supérieurs.

— Qu'est-ce que vous avez fait des lettres, Voquel?

— Rien, mon capitaine.

— Pourquoi vous ne les avez pas transmises à Hubert?

— J'allais le faire, tout cela vient juste de se produire.

— Vous les avez lues?

— Non.

— Donnez-les-moi!

Voquel tendit les enveloppes grises. On pouvait lire sur son visage que le soulagement avait fait place à la détresse. Louyre les examina et s'étonna qu'elles ne fussent pas toutes ouvertes. La jeune fille s'en expliqua d'une voix neutre.

— Celles qui sont ouvertes l'ont été avant que je ne perde mes lunettes.

— Et vous ne pouvez plus lire.

— C'est ça, dit-elle en s'immobilisant, les yeux écarquillés.

Louyre se montra circonspect, puis il se rendit à la fenêtre et y resta planté les mains dans le dos, sans rien dire. La nuit finissait de tomber sur la ville, les bâtiments en briques se laissaient envelopper par un ciel noir. De timides lumières de bougie s'allumaient en petites taches frémissantes alors que des silhouettes s'agitaient autour.

La nuit tombait sur la ville.

— Et comment avez-vous perdu vos lunettes? demanda-t-il sans se retourner.

La jeune fille décidée à changer d'humeur se redressa sur son lit.

— Un jour que je caressais nos chevaux, des avions sont venus très bas. Les chevaux ont été effrayés, ils m'ont bousculée, mes lunettes sont tombées dans la boue et ils les ont écrasées.

Louyre ne dit rien et continua à sonder la nuit. Il se retourna.

— Bien, bien, fit-il à l'adresse de la jeune fille en lui souriant. Puis il retourna vers Voquel.

— Je vous relève de la garde de cette enfant. Elle peut désormais circuler librement dans le bâtiment. Vous pouvez sortir. Fermez la porte derrière vous.

Voquel opina du chef de manière servile. Il venait de rappeler qu'il n'était rien dans la chaîne de l'autorité, encore moins maintenant qu'il n'avait même plus de pouvoir sur la jeune fille. Il fit demi-tour et s'éclipsa.

Louyre vint s'asseoir au pied du lit de la jeune fille. Elle avait beaucoup changé depuis le jour où il s'était intéressé à elle, brièvement, dans sa ferme abandonnée. La femme commençait à poindre sous les traits restaurés de l'adolescente. Les vingt ans qui les séparaient lui semblaient infranchissables, créant un abîme de maturité entre eux. Elle soutenait son regard, sans impertinence.

Louyre mit sa tête dans ses mains, s'essuya les yeux et tira sur sa peau de part et d'autre de ses tempes, essayant de remédier à l'affaissement de ses traits entamés par la lassitude de l'existence. Sa voix, difficilement crédible quand il ordonnait, fascinait de douceur quand il parlait.

— Nous devons avoir un long entretien. Comment vous appelez-vous déjà?

— Maria.

— Maria, je vais emporter ces lettres et les lire, si vous voulez bien. Ensuite, je vous les lirai. Je n'ai pas de lunettes à vous prêter et je ne pense pas qu'il soit facile d'en trouver par les temps qui courent. Je vous en ferai faire quand le magasin d'optique ouvrira de nouveau ses portes. Mais je suis passé plusieurs fois devant et il semble irrémédiablement fermé.

— Je sais. L'opticien est parti avec mon père.

— Donc, quand il reviendra, je m'occuperai de vos lunettes. Vous m'autorisez à lire ces lettres?

La jeune fille le regarda, surprise.

— Vous avez besoin de mon autorisation pour les lire?

Louyre hocha la tête.

— Votre autorisation? Non, je n'en ai pas besoin. Mais je vous la demande.

Il s'appuya contre le montant en fer au pied du lit. Il baissa encore d'un ton et se mit à la tutoyer pour se convaincre qu'elle était encore une enfant :

— Tu es bien certaine de ne pas l'avoir tué l'homme dont on a retrouvé le cadavre chez toi ?

Elle ferma ses deux poings, les serra contre sa gorge et protesta :

— Bien sûr que non, je ne l'ai pas tué. Je vous l'ai dit. C'est un policier qui l'a tué.

— Comment ?

— Ils sont entrés dans la grange où je me cachais. L'homme était devant, le policier derrière. Ils cherchaient ce qu'ils pouvaient voler. D'un seul coup, j'ai vu le policier sortir son pistolet et tirer derrière la tête de l'autre homme qui est tombé. Ensuite il est parti.

— Ils savaient que tu étais là ?

— La veille deux policiers se sont déplacés pour voir les meubles et les bêtes. Ils sont revenus le soir.

— Pour quoi faire ?

— Pour me violer, répondit-elle très naturellement.

— Pour te violer ?

— Oui, je les ai entendus arriver. Je me suis cachée. Et j'ai compris à ce qu'ils disaient qu'ils avaient l'intention de profiter de moi. Mais ils ne m'ont pas trouvée. Le lendemain, ils ont débarqué pour tout prendre avec des manutentionnaires. Le policier qui, la veille, m'avait témoigné un peu de considération, est parti le premier une fois son camion chargé. Le second

policier est resté avec le deuxième manutention-
naire, et il l'a tué.

— Et pourquoi, d'après toi?

— Je ne sais pas. Ils ont peut-être eu une
conversation avant, mais je ne m'en souviens pas
et de toute façon j'étais trop loin pour l'entendre.

Louyre se lissa le menton :

— Et dis-moi, où se trouve ta mère?

Le visage de Maria se vida de son sang et
une agitation désordonnée s'empara de ses
membres.

— Ma mère? Elle est dans une maison de
repos.

Louyre eut un rictus qui exprimait le mécon-
tentement de soi. Il inspira profondément puis
soupira :

— Tu en es certaine?

La jeune fille hésita à répondre.

— Non. Un soir, elle s'est endormie vivante,
et le lendemain, elle s'est réveillée morte.

— Où ça? À la ferme?

Maria fit mine de creuser sa mémoire.

— Non, ailleurs, à l'hôpital.

— Quel hôpital? demanda Louyre.

— Un hôpital. Je ne sais pas lequel. Il y a
longtemps qu'elle y était entrée. J'avais douze
ans quand elle a quitté la maison.

— Tu ne lui rendais pas visite?

— Non, jamais. Mon père allait la voir seul.
Quand il revenait, il était triste une bonne demi-
journée. Ensuite, il reprenait le dessus.

— Il ne voulait pas que tu la voies?

— Non, c'est elle qui ne voulait pas me voir.

— Pourquoi?

— Je ne sais pas. Elle disait qu'elle voulait me revoir quand elle serait plus présentable. Elle est morte avant.

— Tu n'as vraiment aucune idée d'où se trouvait cet hôpital?

— Non, mais je crois qu'il n'était pas loin.

— Ce n'était pas la maison de convalescence de la ville?

— Je ne sais pas. Mais quand mon père allait lui rendre visite, il en profitait toujours pour faire des achats, et il me ramenait des petits cadeaux. Il ne partait jamais très longtemps, donc ça ne devait pas être si loin.

Louyre réfléchit un long moment alors que la nuit avait tout envahi. Un filet de lumière venu de nulle part échoué sur le visage de la jeune fille la faisait ressembler aux premiers portraits cubistes.

— Et dis-moi, où ta mère est-elle enterrée?

— Je ne sais pas.

— Il n'y a pas eu d'enterrement?

— Non.

— Et pourquoi?

— Je ne sais pas.

— Tu ne te souviens de rien d'autre de marquant?

— De quoi en particulier?

— Quelque chose qui t'aurait étonnée.

— Non. Si, peut-être. Mon père s'est mis à

pleurer des semaines avant la mort de ma mère.

— Et pourtant tu me dis qu'elle est morte subitement.

— Oui. Mais mon père était déjà accablé des semaines avant sa mort, comme si elle était morte avant qu'il ne me le dise.

Louyre se leva.

— Tu n'es pas notre prisonnière. Tu es libre d'aller où tu veux à l'intérieur de ces bâtiments et si tu veux sortir dans la ville, tu dois m'en parler avant, je te ferai accompagner. Tu dois continuer à dormir ici, en attendant qu'on ait retrouvé ta famille. Et bien sûr, on va te nourrir. Mais je veux que tu ne parles à personne, ni avec tes compatriotes ni avec les miens.

— Mon père ne devrait pas tarder de toute façon. Et mes lettres ? demanda Maria d'une voix de petite fille qui contrastait singulièrement avec la tonalité presque grave qu'elle avait maintenue jusqu'ici dans leur conversation.

Louyre tira sur sa vareuse.

— Je te les lirai.

— En échange de quoi ?

— Mais de rien.

— Quand ?

Louyre attendit d'être à la porte pour lui répondre.

— Bientôt.

Et avant de refermer la porte il lui dit :

— Et ici, personne ne te violera. Tu peux me croire.

Il rejoignit sa chambre au premier étage. En marchant, il constata qu'une étreinte imperceptible avait cédé à l'ennui et à la crainte diffuse de ces nuits sans étoiles qui se succédaient.

XVII

Le lendemain, le jour s'était levé à contrecœur. Louyre avait quitté son lit sans empressement. La lumière naturelle ne permettait pas encore de lire. Des nuages lourds couvraient le ciel.
Louyre commença sa journée par un bref point
sur sa propre existence. Il se félicitait qu'elle ne
fût plus en danger. Il déplorait la répétition de
jours semblables. Il enviait un peu ses camarades
chargés d'enquêter sur les crimes de guerre. Les
nazis avaient franchi les limites de ce que l'on
peut tolérer dans un conflit, maintenant on ne
pouvait plus faire semblant de ne pas le savoir. Il
fallait instruire ce débordement, le condamner
et, avec lui, ceux qui au nom du prétendu noble
art de la guerre, avaient commis un sacrilège
contre l'humanité. Son affliction ne venait pas
de là, en tout cas pas à une heure aussi matinale.
Elle venait du territoire où on l'avait consigné,
une ville de campagne isolée, impénétrable et insensible aux tremblements du monde, résistante
aux passions comme aux destructions, solide sur
ses traditions, sans regrets pour son passé.

Sa hiérarchie avait décidé de l'immobiliser sur une route sans retour. La raison en était sa personne diversement appréciée. Courageux sans être un vrai militaire, voilà ce qu'on lui reprochait et cela suffisait à faire de lui un officier d'appoint qu'on ne blâme ni ne récompense, mais qu'on laisse seul, à la première occasion, dans un fortin d'altitude battu par les vents, devant un immense désert de sable que plus personne ne convoite.

Les Alliés aux portes de Berlin enfonçaient soigneusement les derniers désespérés du Reich, un Reich conçu pour mille ans qui n'en avait duré que douze, mais douze qui comptaient pour mille. Ainsi le bruit de l'apocalypse s'était éloigné. Il n'avait jamais vraiment tonné dans cette province prise sans combats.

Lavé, habillé, rasé de près, Louyre s'était assis à son bureau. Il avait saisi le paquet de lettres pour les inspecter l'une après l'autre en tournant et retournant lentement leur enveloppe. On sentait chez lui une gêne à lire un courrier qui ne lui était pas destiné. Cette gêne était plus forte que sa curiosité. D'ailleurs il ne se faisait pas de grande illusion sur l'intérêt de ce qu'un père au front pouvait écrire à sa fille. La question qui l'intriguait était de savoir pourquoi cet homme n'avait pas rejoint la Russie plus tôt. Sans doute avait-il bénéficié d'une sorte de dérogation ? Mais laquelle et pourquoi ? Louyre se demandait aussi qui pourrait le renseigner sur ce sujet. Probablement personne, car il régnait désormais sur ce pays une loi du silence, comme dans les grandes régions mafieuses. Cette correspondance s'était arrêtée brutalement. Sans doute le courrier avait-il cessé d'être acheminé. Ou plus probable encore, Richter était mort. On mourait par millions sur le front de l'Est. Alors pourquoi en aurait-il réchappé. Louyre se demanda quel âge il pouvait avoir, ce Richter. Si on l'avait mobilisé si tard, c'est qu'il était assez vieux, et qu'on avait attendu pour faire appel à lui d'avoir sacrifié toute la jeunesse. Les vieux ont toujours décidé des guerres en pensant qu'elles seraient assez courtes pour qu'elles ne les concernent jamais. Mais cette fois, elle ne les avait pas épargnés.

Il eut une pensée pour Maria. Il se demanda comment elle avait pu survivre, seule, dans cette bauge humide où on l'avait découverte, à quoi elle avait pu penser durant tous ces mois, quelle force avait pu permettre à cette petite lueur de ne pas s'éteindre. Il ne voyait pas l'adolescente qui s'essaye à être quelqu'un, car elle était déjà un être construit; ses lignes de défense apparaissaient distinctement, de même qu'un acharnement à vivre en dépit de tout. Un éclair de tendresse pour elle traversa son esprit.

Les deux premières lettres se ressemblaient à s'y méprendre. Elles débutaient par un compte rendu de position et de conditions météorologiques. La guerre n'y était pas plus dramatique qu'un camp scout d'été où, en dehors de l'éloignement de ceux qu'on aime, rien ne pèse. On le sentait presque soulagé par cette réalité qui l'occupait assez pour que la pensée de sa fille ne l'obsède pas. Le style était hésitant, parfois emprunté, souvent maladroit, mais on y devinait une solide éducation. Louyre se dit qu'à ce moment-là, il ne pouvait pas encore avoir atteint le front. La relation de l'ambiance fraternelle prouvait à elle seule qu'il était loin des combats. La deuxième lettre ne disait rien de plus. Même structure, mêmes maladresses, même incapacité à se montrer inquiet pour sa fille. Il approchait certainement de la zone de feu, mais on l'avait remonté comme un jouet, et son optimisme semblait artificiel. La troisième lettre aurait pu provenir d'un tout autre individu. C'était celle d'un homme douché par la réalité, au bord des larmes, qui réalisait qu'il n'était là que pour tuer ou être tué. On le sentait, à travers les lignes, désarmé par les forces de l'anéantissement qui se levaient contre lui. Il n'était plus qu'un homme sans importance parmi des millions qui se massacraient aveuglément. Il prenait soudainement conscience qu'on ne pouvait pas, de ce monde-là, revenir à celui des vivants. Alors il se prépara à écrire son testament et annonça à sa fille qu'il lui dirait bientôt tout ce qu'elle devait savoir car il ne voulait pas qu'elle l'apprenne un jour « de bouches infectées ».

Louyre savait qu'au moment où elle recevrait la troisième lettre, Maria était censée quitter la ferme pour rejoindre sa tante à la ville. Pourtant Richter lui envoya les suivantes à la même adresse. Les mains jointes sous le menton, il hésita à ouvrir les trois lettres suivantes. Les enveloppes étaient plus lourdes que les autres. Elles étaient abîmées aux coins, l'encre de l'adresse avait pris la pluie, pas assez toutefois pour que l'adresse ne devienne illisible. Il se leva pour ouvrir la fenêtre et alluma une cigarette. La fumée qu'il recracha dehors était refoulée par une brise volontaire et réintégrait maladroitement la pièce. Contrarié, il jeta dans la cour sa cigarette à moitié consumée. Au-dessus, les simples soldats de la section s'animaient dans un brouhaha qui nuisait à sa concentration. Il aurait voulu les faire taire, mais en abandonna l'idée. Leur descente dans l'escalier se fit dans un fracas vulgaire. Le silence revint. Il devait y aller, ou on allait le croire indisposé.

Il se rassit à sa table. De la pointe de son couteau, il décacheta la première enveloppe. Il la lut une première fois, puis une seconde. Il fit de même pour les suivantes. Puis il les replia soigneusement. On frappa à la porte. Il reconnut les manières de l'adjudant Hubert qui après avoir été invité à entrer, se tint là, droit et propre comme le monde dont il rêvait.

— L'Allemagne a capitulé, mon capitaine.

Louyre ne dit d'abord rien puis maugréa :

— Bonne nouvelle, bonne nouvelle.

Hubert s'insurgea.

— C'est tout ce que ça vous fait, mon capitaine. Mais c'est la fin de la guerre, tout de même !

Louyre protesta.

— Pardon, pardon, j'étais absorbé par quelque chose, je ne réalise pas très bien. Bon, bon, mais qu'est-ce que ça change pour nous ?

Hubert eut l'air décontenancé.

— Rien.

— C'est bien ce que je pensais, rien. Il faut organiser une fête ce soir, avec les moyens du bord.

— Pour l'alcool, ça ne pose pas de problème, mais pour la nourriture ce sera plus difficile.

— Il y a plus urgent.

— Quoi ?

— Prenez tous vos hommes, je veux qu'on retrouve le directeur de l'hôpital.

— C'est vraiment si important que cela ?

— Oui. Mes prémonitions prennent forme, Hubert.

— Comment cela ?

— Je préfère vous en parler un peu plus tard. Dans mon puzzle, je vois une ombre se former.

— Je m'en charge dès ce matin. Autre chose, un homme d'Église demande à vous voir. Il est dans le hall de la salle du conseil assis sur un banc. Je lui ai dit que je ne pouvais pas lui garantir que vous le recevriez, mais ça ne l'a pas perturbé.

— Je vais le recevoir. Autre chose, je veux que la petite Allemande circule librement.

— Pourquoi ?

— Pourquoi pas? Elle n'est pas prisonnière et c'est une enfant.

— Une enfant qui a bouffé un de ses compatriotes.

— Ne recommencez pas Hubert. Vous me donnez l'impression que les discussions ne peuvent rien sur vos a priori et c'est un peu décevant.

— Pratiquement on fait comment?

— Elle circule librement dans l'enceinte de la mairie et de la caserne. Mais elle ne sort pas sans accompagnement, c'est dangereux pour elle.

— Pourquoi dangereux?

— Parce que c'est presque une femme, Hubert, et qu'elle a peut-être vu des choses sur lesquelles certaines personnes ne voudraient pas la voir témoigner.

— Mais elle crée aussi de la tentation chez nos hommes de troupe.

— Je m'en doute. Il faut l'enlever du dernier étage.

— Pour la mettre où?

— À celui-ci.

— À l'étage des gradés?

— Il n'y a que vous et moi. On nous a promis un lieutenant, mais il n'est toujours pas là.

Hubert prit une mine dépitée, vite effacée.

— Si vous voyez les choses de cette façon. Mais pardon de dire cela mon capitaine, n'oublions jamais que c'est une Allemande.

— Ni que c'est une enfant.

— On dit que ce sont les enfants qui ont défendu Berlin contre les Russes.

— Je sais. Elle reste une enfant tout de même.

XVIII

L'homme d'Église attendait assis sur un banc en chêne. De grandes rides lui tailladaient le visage. Sa peau flasque flottait sous le menton. Alors qu'il montait les quelques marches qui le séparaient de la salle du conseil — son bureau désormais —, Louyre découvrit le prêtre observant le plafond dans une drôle de supplication. Ses mains étaient posées sur ses genoux serrés devant lui. À le voir ainsi, sans pouvoir l'expliquer, il se dit que dans la course vers la mort son corps avait pris de l'avance sur son esprit. À sa vue, le prêtre se déplia comme un double mètre de maçon. Il était d'une taille très au-dessus de la moyenne. Louyre lui fit signe d'entrer et remarqua que l'ecclésiastique se déplaçait les genoux pliés et le dos voûté. Il le fit asseoir en face de lui, de l'autre côté de la grande table. Un ouvrier juché sur une échelle artisanale descendait le portrait du Führer. Louyre se tourna pour le regarder faire et attendit que l'icône fût complètement descendue. Puis il revint vers son interlocuteur. Il pensa un moment donner du

« mon père » au prêtre et renonça car lui-même, protestant de naissance, ne se voyait pas faire avec un vaincu l'effort qu'il n'aurait pas consenti pour un compatriote.

— Vous vouliez me voir ?

La voix du prêtre, grave et posée, contrastait avec ses traits décomposés.

— Oui, monsieur l'officier, pardonnez-moi de vous dire cela, je ne connais pas les grades de votre armée.

— Il faut dire que nous n'avons pas donné le temps à votre armée de les apprendre en juin 40. Je suis capitaine.

— Vous parlez un allemand remarquable, capitaine.

— Je dois avoir l'oreille musicale.

— Nous avons d'ailleurs un des plus beaux orgues d'Allemagne si vous êtes mélomane. Notre maître de chapelle n'est malheureusement pas encore revenu du front, mais nous l'attendons avec impatience. Si vous jouez de l'orgue vous-même, nous pouvons vous permettre d'utiliser notre instrument, en dérogation absolue avec nos règles.

Louyre ne remercia pas. Il se contenta de le toiser.

— Vous avez une demande à me faire ?

Ne faisant visiblement jamais rien une seule fois, le prêtre hocha la tête à plusieurs reprises avant de parler au moment où on ne l'attendait plus.

— Oui, capitaine. C'est à propos de cette

adolescente que vous détenez. Nous souhaiterions que vous nous la confiiez.

— Et pourquoi le ferais-je?

— Car nous récupérons les enfants orphelins pour les remettre sur la voie de Notre Seigneur Jésus-Christ.

— Parce qu'ils se sont égarés?

— C'est à craindre pour certains d'entre eux. Il faut tourner la page. Beaucoup de ces enfants n'ont plus de père. Nous avons le projet de les remplacer en leur inculquant de bons principes. Nous sommes les plus à même de mener cette tâche, avec l'aide du Vatican et de confréries étrangères.

— Dans quels locaux êtes-vous installés?

— Pour l'instant dans une maison de colonie de vacances qui fut autrefois utilisée par les Jeunesses hitlériennes. Mais je crains que nous ne devions rapidement trouver une alternative, car nous allons manquer de place. Beaucoup d'enfants des villes importantes ont perdu leur père au front et leur mère dans des bombardements. Ils affluent à la campagne, où nous ne sommes pas encore complètement affamés, même si, comme vous le savez, ce n'est pas l'opulence.

Louyre prit une mine affable qui mit le prêtre en confiance. Il se leva et se mit à la fenêtre.

— Si vous manquez de place, j'ai un lieu à vous suggérer.

— Ah bon? fit le prêtre bien disposé.

— La maison de repos de la ville.

— Quelle maison de repos?

— Le centre de convalescence.

Louyre se retourna pour mesurer son effet. Le prêtre avait perdu sa contenance. Mais il ne fut pas long à la retrouver.

— Le centre de convalescence. Ah oui! Bien sûr, c'est ça. Mais en vérité nous n'en sommes pas encore vraiment à manquer de place.

Louyre remarqua que ses petits sourires compulsifs avaient repris.

Pour rendre plus digeste ce qu'il allait lui annoncer, il décida de lui donner du « mon père ».

— Mon père, je note quelque chose de très contradictoire chez vous. Vos mots et vos gestes ne disent pas la même chose. C'est fréquent chez les hommes politiques. Mais chez un prêtre, c'est beaucoup plus rare même si le discours politique a quelque chose à voir avec le prêche.

Le prêtre pour toute réponse resta quelques secondes figé.

Louyre s'assit confortablement sur son siège et posa ses pieds sur la table comme il avait l'habitude de le faire. C'était le seul signe ostentatoire par lequel il affichait délibérément la supériorité de sa position. Puis il parla très posément car son visage était loin d'afficher la même maturité que sa voix.

— Je n'ai pas l'intention de libérer cette jeune fille.

— Et pourquoi donc mon fils?

— Parce qu'elle fait l'objet d'une enquête

criminelle. On a retrouvé les restes d'un cadavre calciné...

— Oh mon Dieu, l'interrompit le prêtre.

— Oui, les restes d'un cadavre calciné dans la ferme de son père alors qu'elle y vivait seule et vous comprendrez que ces ossements m'intriguent.

Le prêtre se montra circonspect et inquiet.

— Mais, capitaine, vous êtes aussi chargé de faire la lumière sur les meurtres entre Allemands?

— Je ne sais pas de quoi je suis chargé. J'occupe la butte d'une province inondée par des bombardements. Je suis une force d'occupation aux pouvoirs indéfinis à ce jour, ce qui me fait penser, en tout cas pour le moment, qu'ils sont illimités.

— J'ai moi-même été aumônier de la Wehrmacht quand elle occupait la Normandie et je ne me souviens pas que nos troupes s'occupaient des crimes entre Français.

— Parce que nous avions notre propre police et il est peu probable que la mort d'un Français tué par un autre Français passionnait vos hommes, sauf quand il s'agissait de l'assassinat d'un collaborateur. Même si on peut se poser la question de savoir si un collaborateur est encore un Français. Ce ne sont pas des questions simples. Je n'ai pas l'intention de relâcher cette adolescente pour le moment. Elle est en résidence surveillée, pas prisonnière, et elle est bien traitée. Ne croyez pas que je me désintéresse du sort des enfants orphelins, au contraire. D'ailleurs je compte organiser une petite excursion avec le maire pour visiter le centre de convalescence. J'aimerais voir la ville de cette hauteur.

Le prêtre ne répondit pas immédiatement.

— Oui. D'ailleurs nous nous y rendons assez souvent avec nos enfants.

— Pourquoi ?

— Parce qu'il est de notoriété publique que ce centre avait un très beau verger et un potager exceptionnel jusqu'à une certaine époque et nous avons commencé à le remettre en route pour nourrir nos pensionnaires.

— Ce serait donc aussi bien s'ils vivaient dans les locaux ?

— Peut-être. Mais la question n'est pas à l'ordre du jour.

— À propos, mon père, que savez-vous de Maria Richter ?

Le prêtre serra un peu plus les genoux.

— Je n'en sais pas grand-chose. Son père est un homme très respectable, une de ces personnalités qui honore la communauté. Un homme cultivé, assez pieux pour se rendre à l'église régulièrement, généreux avec elle. Il était assidu au chœur de la cathédrale.

— Était-il membre du Parti national-socialiste ?

— Euh... oui, je crois. Mais comment dire, il semblait plus réservé ces dernières années. Ce n'est qu'une impression. À ma connaissance, il ne s'occupait pas de politique, mais il avait un certain crédit et même une certaine influence sur les questions agricoles. Il lui est arrivé de participer à des commissions à Berlin sur ce sujet-là, disait-on.

— Comment expliquez-vous qu'il ait pu partir au front, en laissant sa fille seule?

— Je ne me l'explique pas. Avait-il le choix? Elle devait certainement rejoindre de la famille en ville, mais avec les bombardements, l'idée n'était peut-être pas judicieuse?

Louyre passa à un autre sujet avant que le précédent ne fût clos :

— Dites-moi, mon père, pensiez-vous que le Christ et Hitler puissent faire bon ménage?

Le visage de l'homme d'Église s'assombrit.

— Ce sont là des questions qui me dépassent, vous savez, je ne suis qu'un serviteur de Dieu. Je ne dis pas cela pour me vanter, maintenant que toute cette histoire touche à sa fin, mais il m'est arrivé de résister. Discrètement, je le confesse.

— Quand cela?

— Il est trop tôt pour le dire.

Louyre se cala un peu plus haut sur sa chaise.

— Quelque chose me dit que vous n'êtes pas venu de votre propre initiative me demander d'emmener Maria Richter.

L'autre baissa les yeux.

— Je me trompe? insista Louyre.

— Il m'a été indiqué qu'une orpheline...

— Elle ne l'est pas encore.

— Qu'une enfant seule se trouvait entre vos mains et il m'a été demandé d'intervenir...

— Qui?

Pour la première fois depuis le début de leur entretien, le prêtre parut vraiment déstabilisé.

— La communauté, des paroissiens.

Louyre se leva une nouvelle fois, et alla s'appuyer contre la fenêtre.

— Bien, bien. Je vois qu'il n'est pas encore l'heure de parler de son plein gré. Je ne suis pas d'humeur à pendre ceux qui me résistent. Ce n'est pas l'idée que je me fais de la civilisation. Mais, bien sûr, comme tout être humain, ma patience a des limites. Tant mieux pour vous, je ne les connais pas encore.

— Pardonnez-moi, capitaine, mais serait-il impoli de vous demander ce que vous faisiez avant la guerre?

— Vous aussi, cela vous intéresse, le maire m'a posé la même question. J'étais astronome. J'allais à la rencontre de Dieu. Pas le Dieu des hommes bien sûr, l'autre.

Il s'interrompit pour contempler son effet sur le prêtre.

— Cet après-midi, soyez là à trois heures. Le maire sera des nôtres. Nous allons visiter votre jardin d'orphelins. Ne vous inquiétez pas, je n'ai pas l'intention de réquisitionner vos fruits et légumes.

XIX

Louyre retourna à sa chambre, attiré par les lettres. Il les relut une à une, s'efforçant de prendre son temps. Puis il les relut encore une fois. Un bruit le dérangea. Il sortit pour demander le silence. Hubert et un soldat installaient Maria à son étage, dans la chambre attenante. Du dépit et un peu de réprobation pouvaient se lire sur leurs visages. Quand ils en eurent terminé, ils laissèrent la jeune fille seule dans sa nouvelle chambre. Louyre les laissa s'éloigner sans rien dire. Il attendit qu'ils aient complètement disparu, et frappa à sa porte.

Elle se tenait droite, les jambes légèrement fléchies, les mains jointes entre le haut de ses cuisses comme si elle s'apprêtait à adopter une position fœtale pour tourner sur elle-même dans l'apesanteur d'un liquide amniotique imaginaire. On avait le sentiment qu'elle avait quitté la vie pour un moment indéfini et qu'il ne tenait plus à elle d'y revenir. Louyre fut un court moment submergé par l'émotion et incapable de lui dire quoi que ce soit. Elle avait de remarquables yeux bleus. Louyre se racla la gorge avec l'intention de la ramener à la réalité. Il en fallait plus pour amarrer l'esprit de la jeune fille. Alors il s'avança vers elle, il passa doucement sa main devant son visage. Elle finit par réaliser sa présence. Elle menaça de s'effondrer. Il s'approcha et lui prit les bras pour la soutenir. Elle regarda ses mains, elle voulut se reculer, mais déjà collée à la fenêtre, elle se laissa tomber avec le bruit sourd d'un corps qui épouse le plancher en s'évanouissant. Elle se releva aussitôt pour s'asseoir contre le mur.

D'une voix apaisante, Louyre murmura :

— La guerre est terminée, Maria. Nous ne sommes plus ennemis. Tu n'as plus d'ennemis.

Elle se leva soucieuse de digérer dignement l'annonce de cette défaite à laquelle elle ne parvenait pas à croire car elle était tout simplement impossible. Sans se résigner, elle laissa son esprit divaguer sur des considérations plus pratiques.

— Mon père va donc revenir !

Louyre mal remis de son trouble ajusta sa veste.

— C'est possible.

— Il va revenir quand ?

— Je ne sais pas. La démobilisation prend du temps. Et il est peut-être loin. Loin et prisonnier. Tu ne dois pas t'attendre à le voir avant plusieurs semaines, plusieurs mois peut-être.

— Plusieurs mois ? Mon grand-père disait toujours que dix jours après la démobilisation de 1918, il était de retour à la maison.

— Les conditions ne sont pas les mêmes, Maria. Tu vas devoir te montrer patiente.

— Croyez-vous qu'il va m'envoyer de nouvelles lettres?

— J'en doute. Le courrier est complètement désorganisé.

— Et les lettres que vous avez, vous me les ferez lire quand?

Louyre affecta un air joyeux et optimiste.

— Bientôt. Dès ce soir, après l'heure du dîner, je viendrai te chercher et nous irons dans ma chambre. Je ne te les lirai que par petits bouts car il faut économiser la lumière.

— Mais pourquoi pas la journée?

— Parce que la journée, j'ai à faire.

— Vous me les lirez bien, n'est-ce pas?

— C'est promis.

— Et vous allez me demander quelque chose en échange.

Louyre montra une totale incrédulité.

— Qu'est-ce que tu veux que je te demande?

— Je ne sais pas.

XX

La jeep, cadeau de l'armée américaine rebondissait, capote fermée, sur l'asphalte luisant des
rues de la ville. Une sombre affliction enveloppait les passants de sa brume humide. Leur dé-
sarroi était semblable à celui du violeur juste
après qu'il a accompli son acte, quand vidé de
son désir criminel, celui-ci perd son sens. Ce
peuple avait défié les lois de la pesanteur humaine dans un allègement fanatique. On ne
sentait ni regret, ni peur, ni culpabilité, il était
simplement dégrisé, étourdi de n'être rien de
plus que les autres, réduit jour après jour à
trouver sa pitance. Le Reich millénaire déchu
avait fait de ces hommes et de ces femmes de
petits rongeurs anonymes surpris par l'hiver
sidéral qu'ils avaient eux-mêmes soufflé, chacun à leur manière. Occupés depuis quelques
semaines, ils n'avaient même plus l'espoir d'un
retournement de situation, certes désespéré,
mais toute personne qui a expérimenté le désespoir connaît la petite lueur qui couve en son
sein. Les privations, les destructions impitoya-

bles et méthodiques n'avaient pas eu raison de leur psychose collective. On lisait sur leurs visages qu'ils ne se sentaient pas plus d'avenir que tous les morts qui avaient jalonné leur histoire. La nature, sublimée, ignorée, bafouée, reprenait ses droits, dictait ses exigences, et les citoyens poussés par la peur de manquer se répandaient dans les rues.

Le maire sautait à l'arrière sur son siège en regardant ses concitoyens d'un air méprisant, car pour en avoir eu la tentation, il sentait chez eux le lavage de cerveau qui avait tenu lieu d'automédication. Il se retournait parfois, essayant fugitivement de reconnaître les uns et les autres. Il n'avait pas dit mot à Louyre sur la capitulation. Non qu'un commentaire fût déplacé, mais il en était incapable car certaines choses dites prennent parfois une réalité surprenante, et il ne voulait pas courir le risque que cette défaite sonne à ses oreilles d'une musique inattendue. Le prêtre se tenait à côté de lui, lourdement emmitouflé alors que pour la première fois depuis des semaines le printemps claironnait fièrement, contre-pied insolent à une nation en deuil. Voquel, par des coups de volant inutiles trahissait sa nervosité. Il n'osait pas regarder Louyre qui ne lui attachait aucune importance, convaincu depuis la campagne d'Italie qu'il était un être sans autre qualité que celle d'accepter de se faire tuer pour une cause qu'il était incapable de comprendre. Louyre jetait de temps en temps un œil dans le rétroviseur, il pouvait ainsi, discrètement, observer les deux hommes. L'hospice n'était pas dans la ville ni non plus tout à fait en dehors d'elle. Il siégeait sur un plateau de verdure. On y accédait par une route qui serpentait à la verticale. Un haut mur de pierre l'enfermait dans un parc sans fleurs. Une pelouse s'étendait sur plusieurs hectares. On pouvait encore y lire le tracé rectiligne et commode des allées d'un gravier sombre désormais envahi par le chiendent. L'herbe était haute et fatiguée. De grands arbres plusieurs fois centenaires attestaient de l'ancienneté des lieux. Leur majesté blasée rendait leur ombre indésirable. Les bancs en ciment qu'on avait disposés sous leurs branches se fissuraient d'ennui. À l'arrière, caché par une haie de persistants d'un vert trop cru, fermé par un portail en fer forgé peint en noir, se trouvait le jardin des orphelins. Tout y était propre et enviable. Le jardin d'Éden ne pouvait pas être plus judicieusement disposé que ces carrés de cultures d'où affleuraient les ramures des plans de légumes. Les arbres du verger étaient taillés, et ses abords débroussaillés. Personne n'y travaillait pour l'heure et le soleil s'y répandait sans scrupule.

La bâtisse datait de la fin du siècle précédent quand le bon goût commençait à céder à l'utilité. Elle était construite en forme de croix mais on voyait que sa branche sud manquait, sans doute après que les ambitions de ses commanditaires avaient été révisées à la baisse. De grandes fenêtres rectangulaires ouvraient les façades plus propres à organiser leur symétrie qu'à permettre à la lumière de se sentir chez elle dans les bâtiments.

La gardienne avait son propre logement, à l'entrée, une petite maison en meulière de la fin des années 20, adossée au mur d'enceinte. À la vue de la voiture, celui qui devait être son fils s'avança en courant à petites enjambées raides, les mains derrière le dos. Il avait une tête large et des cheveux trop courts pour adoucir des traits grossiers. Il était de ces êtres curieux qui peuvent tout voir sans jamais rien discerner, victimes d'une émotivité atrophiée qui obstrue leur mémoire. La gardienne lui succéda dans l'encadrement de la porte. Ses yeux trahirent une sombre inquiétude devant l'apparition de ce véhicule étranger. Quand elle reconnut le maire, elle s'apaisa et scruta un peu plus les occupants de la voiture pour essayer d'y reconnaître d'autres hommes familiers. La vue du prêtre la rassura tout à fait, elle se précipita à leur rencontre avec un air affable qui n'eut aucune prise sur Louyre. Il lui tourna le dos pour détailler la façade.

Après l'injonction du maire, munie d'un énorme trousseau de clés, elle entama la visite, silencieuse et visiblement gênée. Chaque fois qu'elle était tentée de parler, elle observait le maire qui d'un sourire sans joie l'en dissuadait. Louyre constata que le vide des pièces correspondait à une volonté évidente de dissimula-

tion. On pouvait distinguer aisément le réfec-
toire des chambres, mais il était impossible de
savoir qui en avaient été les convives ou les pensionnaires. Une propreté de salle de dissection
au petit matin y régnait. Sur les murs de l'escalier monumental desservant les trois ailes, des
inscriptions gravées sur le marbre avaient été
martelées. Il n'en restait que les écussons de
style gothique. Les murs avaient abrité de grands
tableaux dont il ne restait que les ombres.
Connaissant par avance les réponses, Louyre
s'abstenait de poser des questions. Il respectait
le silence de la procession. Elle s'effectuait à
rebours des usages, le prêtre fermant la marche
à distance du maire, lui-même précédé de
Louyre. À la recherche d'un détail révélateur,
tout l'intéressait, des plinthes aux prises de courant en passant par les paillasses à grands car-
reaux blancs. La propreté excessive des lieux le
troubla, mais il n'en dit rien. Des empreintes
sur les murs rappelaient que des têtes de lit y
avaient été appuyées. Rien n'était repeint, mais
tout avait été lessivé avec un produit si peu
dilué que son odeur entêtante s'était insinuée
partout. Un ascenseur conduisait au dernier
étage dont les pièces étaient recouvertes d'un
bois sombre et lugubre. Les relents de désin-
fectant y cédaient à l'odeur de cirage. Louyre
s'arrêta le nez en l'air comme l'aurait fait un
limier à proximité d'une proie. Surpris, le maire
lui demanda ce qui l'intriguait. Sans lui répondre il poursuivit son investigation, avant de sou-

pirer d'aise. Il venait de comprendre que cette odeur de cirage était supplantée par une humidité qu'il pouvait évaluer avec une quasi-certitude, à une demi-année, datant donc du début de l'automne précédent, période à partir de laquelle on s'était abstenu de chauffer.

Une vingtaine de bureaux étaient alignés le long d'un couloir recouvert d'une moquette bicolore aux couleurs ternes. Leur taille différait selon l'importance de ceux qui les avaient occupés. Le plus grand s'ouvrait sur la plus belle perspective, où se confondaient le parc et la ville au loin. De là, on distinguait facilement sa disposition particulière dans une enclave serrée d'où jaillissait le clocher d'une église. On découvrait par le vide qu'elle laissait, la combe qui descendait à l'ouest vers le fleuve, où se blottissaient les vestiges de la ville ancienne. Des nuages en armure veillaient un peu plus haut, menaçant le beau temps revenu. La visite terminée, Louyre resta silencieux un long moment à contempler les lieux domestiqués qui lui donnaient le sentiment d'une élégance trompeuse. L'architecture classique évoquait un conservatisme propice à la dissimulation du drame qui s'était joué là.

La tranquille assurance qu'il affichait, sa marche déliée, la franchise de ses traits ne disaient rien sur la souffrance de l'officier. Il n'avait pas l'intention de se remettre de cette guerre, ni de l'enfouir dignement comme l'avaient fait ses parents, éponges silencieuses d'un siècle sans espoir. Il voulait toucher au fond, sans jamais se mentir, y patauger, se prétendre l'intime de l'insondable dans sa descente vertigineuse vers l'innommable dont un grand nombre croient s'affranchir par un mutisme salutaire. « Quand le mal atteint de tels sommets, le bien ne connaît plus de plaine », pensa-t-il en se remémorant sa campagne depuis le débarquement en Sicile. Le bruit avait couru sur des exactions si terribles que l'imagination ne parvenait en dresser que des contours maladroits où la rumeur était livrée à elle-même.

Le maire et le prêtre, légèrement en retrait sur les côtés, laissaient Louyre à ses divagations inquiètes.

En découvrant au loin, dans le parc, la statue grisée d'un inconnu illustre pour ses pairs d'un moment, il se résigna à voir surgir plus d'interrogations que de réponses. Il se retourna vers les deux hommes et leur dit à brûle-pourpoint :

— Vous en viendrez à m'aider un jour ou l'autre, sans torture ni menace. Vous y viendrez car il vous faudra bien laver votre conscience.

Il se retourna vers les deux hommes qui s'observaient interdits et qui, du regard, commençaient à se défendre de ce qu'on ne les accusait pas encore. Louyre rajouta :

— Non seulement j'en sais plus que vous ne le pensez mais je crois modestement tout savoir. Il ne me reste qu'à me persuader de la réalité de ce que je découvre. C'est le monde de l'investigation à l'envers. Ne croyez pas que cela m'enchante parce que je ne pense pas m'en sortir aussi grandi que vous en serez abaissés. Je n'ai même pas l'intention de vous diviser alors qu'il me serait facile de le faire. D'intuition, il est évident que votre cause n'est pas complètement commune.

Il se retourna vers la perspective qu'un peintre figuratif et sans doute un peu niais aurait tenté d'immortaliser.

— Un point obscur tout de même. Vous n'êtes pas si loin d'une ville bombardée. Où sont les survivants ?

Le maire se sentit autorisé à répondre.

— Pour la plupart nous n'en savons rien. Certains ont fui devant l'avancée de l'ennemi, d'autres y sont restés dans des conditions très précaires à ce que l'on dit. Les derniers ont tenté de se disperser dans la campagne, mais nous les avons repoussés.

— Ils étaient devenus des étrangers ? demanda Louyre.

Le maire eut un hochement de tête un peu vague avant de répondre :

— Mais ils l'ont toujours été.

— C'est bien ce qu'il me semblait.

Il s'interrompit pour faire un dernier tour de cette pièce où le pouvoir s'était exercé. Il n'y découvrit rien de plus.

— Nous en avons fini avec cette visite. À moins que notre bon père ne souhaite me faire visiter le verger et le potager de ses orphelins.

Le prêtre acquiesça, embarrassé.

XXI

Le soleil dans sa course avec les nuages rasait le sol en vagues timides. Louyre examina la terre avec des attitudes de spécialiste. Malgré son ignorance de ces choses, il lui semblait qu'elle n'avait pas la même stabilité d'un côté et de l'autre du potager. Impression qui se poursuivait là où de nouveaux arbustes allongeaient le verger. Il garda sa surprise pour lui, le temps qu'il resta accroupi à tourner la terre entre ses doigts, puis la curiosité prit le dessus.

— Est-ce vous, mon père, qui dirigez les plantations ?

Le prêtre se précipita :

— Oui, répondit-il, qui d'autre pourrait le faire ?

— Et vous avez les compétences pour cela ?

Le prêtre se montra confus de parler de lui.

— Je dois vous avouer que dans les premières années de mon ministère, j'ai connu assez longuement la vie monastique. Nous vivions en autarcie alimentaire complète et nous avions nos propres bêtes...

— Alors que moi, voyez-vous, je ne connais rien à la terre.

Le prêtre se montra compatissant.

— Mais vos qualités s'exercent certainement dans d'autres domaines.

— Certes, confirma Louyre, et pourtant il ne me viendrait pas à l'idée de planter des arbres fruitiers au nord sous une latitude pareille.

— Vous dites ? demanda le prêtre pour se donner le temps de réfléchir.

— Je dis que ces arbustes ont été plantés au nord au début de l'automne dernier.

Le prêtre, les mains dans le dos, courbé vers le sol, se mit à battre la parcelle incriminée de long en large. Puis il revint vers Louyre et se campa si près de lui que l'officier recula.

— Vous avez raison, mon fils, ces arbustes sont en terre depuis le début de l'automne et il ne fait pas de doute qu'ils sont exposés plein nord. Je partage votre point de vue, et je ne donne pas cher de leur survie.

— Moi non plus, abonda Louyre, même si je n'ai pas vos compétences.

Il se tourna alors vers le maire pour élargir la conversation.

— Alors il reste à savoir qui peut bien avoir eu l'idée de soumettre ces jeunes plants à un destin criminel. Vous en avez idée, monsieur le maire ?

— Je n'ai pas suivi toute votre discussion, mais je n'en ai pas la moindre idée.

— En revanche vous savez peut-être à partir

de quand cette maison de convalescence n'a plus fonctionné ?

Le maire esquissa une grimace, accentuant les rides de son front adipeux.

— Oh oui ! fit-il en libérant subitement son visage, aucun doute là-dessus, la maison a été fermée le 7 novembre de l'année dernière par décision des autorités sanitaires elles-mêmes, inspirées par un ordre du ministère de l'Intérieur du Reich.

Louyre poussa un soupir magnanime.

— C'est bien ce que je pensais.

Les deux hommes opinèrent espérant qu'on touchait là à une conclusion. Louyre remarqua que l'air était particulièrement léger. Il s'emplit les poumons de cette saine fraîcheur avant de demander brutalement :

— Où sont les meubles de cet établissement ?

Le maire se montra impératif.

— Déménagés par des transporteurs accrédités, la semaine suivant la fermeture, sans doute pour servir ailleurs, mais comme cela ne nous concernait plus, peu nous importait de savoir ce qu'ils avaient fait des lits, tables et autres chaises d'hospice. D'ailleurs, monsieur l'officier, ne cherchez pas d'énigme là où il n'y en a pas, d'autres régions ont fourni à l'armée plus d'hommes que la nôtre et il me semble bien légitime que les maisons de convalescence aient été rapprochées de ces familles.

Puis il cligna des yeux pendant quelques

secondes, sans que personne ne comprenne pourquoi.

La gardienne attendait à la porte principale avec son trousseau de clés de différentes tailles dont assez peu avaient servi. Au retour des trois visiteurs, elle inspecta leur visage à la recherche d'une information sur les raisons mystérieuses de cette visite. Son fils s'approcha à son tour des visiteurs, mais elle le chassa d'un revers de la main. Pas assez vite toutefois pour que Louyre ne remarque pas l'air d'innocence un peu maladive qui passait dans ses yeux. Pour toute réaction, le jeune homme enfonça sur sa tête un bonnet qui n'était plus de saison. Attaché à une laisse, un berger allemand s'épuisait en aboiements furieux. Louyre qui n'avait jamais ressenti la haine pendant ses longs mois de campagne eut envie de sortir son pistolet et de l'abattre. Ils remontèrent dans la jeep dont Voquel n'avait pas bougé.

Louyre se sentait d'une humeur étrange. Il n'avait ni le désir de vivre ni celui de mourir, déprimante neutralité d'un état qu'il connaissait bien pour y succomber régulièrement. Il ne durait jamais longtemps non plus. Une envie de pâtisserie, de tarte aux mûres le saisit puis s'estompa, emportée par son manque de réalisme. La voiture prit le chemin du retour vers la mairie en passant par la vieille ville. Les piétons s'y faisaient rares. On pouvait lire sur leurs visages le même air confus, celui des rescapés d'une extermination programmée de longue date par ses guides adulés. Louyre ne pouvait s'expliquer pourquoi ces enfants, ces femmes de tous âges et ces hommes vieillissants lui apparaissaient ainsi. Avec ses rues pavées, ses maisons en pierre brossée, ses enseignes peintes avec soin, ses berges accueillantes qui bordaient une rivière immobile, la vieille ville exprimait la quiétude des lieux qui ne veulent rien savoir des turpitudes passées. Elle résonnait encore de ses tavernes enfumées les samedis soir de paix, des fausses joies que procure l'alcool quand il vient saturer les esprits primaires. « Tant de convictions avaient dû s'affirmer là », se dit Louyre en suivant des yeux la porte close de ces lieux de convivialité où s'étaient fédérées les aspirations les plus simples à une logique déroutante de trivialité. C'est là, pensait-il, qu'on avait désigné les boucs émissaires, sous une lumière tamisée par un halo de fumée, dans le bruit des chopes, et que s'était libérée la ferveur joyeuse d'un monde nouveau. C'est là aussi que s'était opéré le miracle de la simplification, quand l'idéologie prend forme et se radicalise afin de balayer les derniers sceptiques et ceux dont la conscience n'est pas encore tout à fait obscurcie par la haine.

XXII

À la mairie, Louyre était attendu par son supérieur, une sorte de commandant de région aux pouvoirs mal définis. L'uniforme paraissait impuissant à redonner de la vigueur à son corps fatigué. Il approchait de l'âge où toute grande aventure est proscrite. Il compensait cette apparente usure par un air martial et une raideur un peu artificielle qui étaient le lot de beaucoup d'officiers supérieurs français, lesquels, depuis la débâcle et la collaboration, essayaient de hisser haut les couleurs d'une nation tombée bas.

Il se tenait debout dans la salle du conseil. À Louyre, surpris de le découvrir là, il dit :

— Je faisais un petit tour d'inspection.

Puis il s'assit. Ses pieds le faisaient visiblement souffrir.

— Vous croyez qu'un de vos hommes pourrait m'apporter de l'eau chaude avec du sel. J'ai des ampoules au pied que je ne m'explique pas. À mon grade, on ne fait pourtant plus beaucoup de marche. Comment ça se passe ici ?

Sans attendre la réponse de Louyre et en commençant à défaire les lacets de ses chaussures, il poursuivit :

— On peut dire que vous avez touché la planque d'entre les planques. Pas de décombres, pas vraiment d'exode.

— Il manque juste l'électricité, remarqua Louyre.

— Oui, à cause du barrage, il faudra des semaines sinon des mois, mais à part ça...

— À part ça, rien à signaler. Tout est calme, d'un calme terrifiant.

— Pourquoi dites-vous cela ?

— Comme ça.

— Vous n'imaginez pas ce qu'on découvre ailleurs. On dit que les Russes sont tombés sur des camps de concentration, avec des monceaux de cadavres. Nous n'avons pas fait une guerre comme les autres, ces gens-là n'étaient pas les ennemis de 14, mais une race de mutants dont on découvre chaque jour un peu plus les horreurs.

— Les découvre-t-on vraiment ?

— Pourquoi dites-vous cela ?

— Découvre-t-on jamais après des années ce qui se fait à grande échelle ?

Le colonel se frotta le front pour signifier que la question le dépassait.

— En tout cas, les Alliés sont dans la position d'un chirurgien qui ouvre le ventre d'un malade pour une appendicite et qui découvre des dizaines de tumeurs cancéreuses. On est tenté de recoudre tout de suite. Bon, bon, soupira-t-il en sortant son talon de sa chaussure, vous avez de la chance mon vieux. Je ne sais pas si on va rester longtemps ou si on va nous envoyer ailleurs mais, pour vous et vos hommes, ça ressemble à un séjour dans un sanatorium, la tuberculose en moins.

— On peut dire ça comme ça, confirma Louyre.

— Vous ne manquez pas d'hommes ? demanda l'officier supérieur en décollant sa chaussette de la peau de son pied du bout des doigts. Un homme du rang entra à cet instant précis et le colonel l'interpella :

— De l'eau avec du gros sel, mon vieux et vite !

Il poursuivit :

— Je vais organiser une réunion de coordination tous les quinze jours. Pour la bouffe, il faut qu'on mutualise un peu, on a encore pas mal de rations américaines si cela vous chante et puis servez-vous sur la bête avec la manière forte s'il le faut, je n'ai pas le souvenir que ces gens-là nous aient jamais ménagés. Sinon, quelque chose à signaler ?

Louyre prit son temps pour répondre :

— Rien à signaler, mon colonel.

Soulagé le colonel en revint à ses pieds :

— Je ne suis pas douillet, voyez-vous, mais je suis très vigilant avec les pieds. Une ampoule infectée conduit à la gangrène en un temps record. C'est pas comme le visage qui est beaucoup moins vascularisé. Si vous aviez fait la dernière guerre, vous sauriez tout ça. Je n'en ai pas fait long, juste quatre mois, mais c'est assez pour apprendre. Qu'est-ce qu'ils produisent dans ce coin ?

— C'est un canton essentiellement agricole, dit Louyre. Un peu d'industrie mécanique, des pièces détachées pour l'aviation, mais des petites entreprises et un grand centre de convalescence.

— Beaucoup de blessés ?

— Non, il est vide. J'en reviens. Ils l'ont fermé et débarrassé de ses meubles l'automne dernier.

— Pourquoi ?

— J'essaye de le savoir.

Le colonel se releva sur sa chaise et son visage s'illumina quand un soldat fit son entrée avec une cuvette fumante. Il y plongea ses pieds et soupira de bien-être.

— Vous voulez des nouvelles du pays ?

Louyre qui s'était rapproché de sa fenêtre favorite se retourna en recrachant la fumée de sa cigarette.

— Je ne crois pas.

— Et pourquoi ça ? fit le colonel surpris.

— Les nouvelles c'est un peu comme le poisson : des jours de transport sans glace, ça ne leur donne pas l'œil vif.

Louyre observa les pieds du colonel, veinés de bleu avec des filaments rouges et poursuivit :

— On ne peut rien apprendre qui nous surprenne. On dresse la statue de héros incontestables, on épure à la marge, on récompense les ralliements de dernière heure, on compose avec les uns et les autres un orchestre qui donne enfin la même partition, même si les musiciens jouent faux. Ces informations peuvent attendre des années, mon colonel, faisandées elles prendront un caractère qui leur fait défaut aujourd'hui.

Le colonel creva une ampoule de la pointe d'un canif.

— Ce sont mes chaussures qu'il faut changer. Mais on ne m'en trouve pas d'autres. Elles sont trop neuves, mais comment les vieillir si je ne peux pas les porter.

Après avoir pressé pour faire couler le pus, il se remit le pied dans la bassine et, saisit par la douleur, fit la grimace voilée qui convenait à son rang.

— Vous ne changez pas, Louyre. Vous n'auriez pas fait un bon militaire de carrière.

— Je ne fais pas un bon militaire tout court, je ne peux pas penser à la guerre en période de paix.

— Vous êtes sûr que vous allez bien ?

— Aussi bien que tout le monde, les mensonges en moins.

— On s'en remettra, Louyre, vous verrez. Tout corps vivant a ses règles de régénération. C'était pas joli joli, j'en conviens. Mais tout cela sera vite oublié. D'ailleurs on n'a pas le choix.

Il sortit son pied de la cuvette, l'essuya avec une serviette un peu rêche en le tamponnant par petites touches. Puis il remit sa chaussure en gémissant.

— Je vais retrouver les ruines et les rats qui s'y faufilent. Vous ne croyez pas qu'on pourrait en envoyer un peu ici à la campagne ?

— On peut prendre des orphelins. Nous avons le bâtiment pour les abriter. Mais les autres, ils n'en veulent pas.

— Comment cela, ils n'en veulent pas ?

— Non, ils n'en veulent pas.

— On les forcera si nécessaire.

— C'est vous qui voyez.

Le colonel se mit à dodeliner de la tête.

— Quand je pense au travail qui m'attend, je me demande si on va rentrer chez nous un jour. Ah ! au fait, je vous avais promis un lieutenant, mais je n'en ai pas et, d'ailleurs, est-ce bien nécessaire ?

— Je ne crois pas.

— C'est bien ce que je pensais.

XXIII

Louyre prit son maigre dîner seul. Il relut les lettres une nouvelle fois. Il ne parvenait pas à se décider à tenir sa promesse. On frappa à la porte. L'adjudant Hubert se tenait dans l'encadrure, sa haute taille étouffant un peu la lumière du couloir. Il restait figé et n'exprimait rien d'autre que l'ennui d'un homme d'action transformé en sous-officier d'une garnison condamnée à l'immobilisme. Sur un ton morne, il lâcha :

— J'ai trouvé votre médecin.

Louyre ne manifesta pas sa surprise.

— Déjà? Et où?

— Chez lui. À vingt kilomètres d'ici, là où la mairie m'a indiqué qu'il habitait.

— Et comment est-ce?

Hubert qui ne se sentait aucun talent pour les descriptions bredouilla :

— Une maison de médecin de campagne qui se donne des airs de maison de maître. Pas le genre de baraque qu'on achète. Plutôt le genre dont on hérite.

Une légère effervescence s'était emparée de Louyre par ailleurs incapable d'enthousiasme.

— Et le médecin? Comment s'appelle-t-il déjà?

— Halfinger.

— C'est ça, Halfinger. Comment est-il?

— Assez massif, avec une tête large, des yeux bleus presque blancs. Très poli.

— Que lui avez-vous dit?

— Que mon chef qui dirige l'armée d'occupation du canton souhaite le voir.

— Qu'a-t-il répondu?

— Rien. Il a souri. D'un seul côté. Il a pris son temps et il m'a demandé à quel sujet. Je lui ai répondu que je n'en étais pas informé. J'ai pris l'initiative de le convoquer demain à dix heures. Il m'a demandé de l'excuser par avance s'il avait un peu de retard car la liaison avec la ville se fait en voiture à cheval étant donné la pénurie d'essence.

— On pourrait aller le chercher, mais ça lui donnerait trop d'importance. Quoi d'autre?

— Rien, mon capitaine, rien. J'essaye de coordonner l'approvisionnement de notre unité, voilà tout. D'ailleurs on vient de tomber sur une réserve de fromage. Un fromage assez fort. Vous en voulez?

Louyre qui n'était déjà plus à la conversation répondit sans réfléchir.

— Pourquoi pas?

— N'oubliez pas de manger la croûte!

— Pourquoi?

— C'est bon contre toutes les saloperies qu'on trimballe dans le ventre.

— Vous connaissez des gens qui laissent les croûtes de fromage par les temps qui courent?

L'adjudant sortit et revint cinq minutes plus tard avec une tomme de fromage brun qu'il posa sur la table de son supérieur. Louyre découpa un quartier qu'il mangea. Puis un autre qu'il emballa dans une feuille de papier. Il attendit un peu et sortit, le paquet dans une main. Dans l'autre, il tenait une lampe à huile. Il frappa du genou la porte de Maria, et entra directement.

Elle était allongée sur son lit dans le noir et il était difficile de savoir si ses yeux étaient ouverts. Reconnaissant l'officier à la lueur de la lampe qui balayait son visage, elle s'assit sur le côté du lit, les deux mains posées sur les cuisses.

— Je t'ai amené de quoi améliorer l'ordinaire.

Il lui mit le bout de fromage entre les doigts. Elle eut un instant d'hésitation avant de se jeter dessus. L'officier souffla sur la lampe pour économiser son combustible. Il faisait une nuit de charbonnier et le froid avait effectué un retour discret. La bouche pleine, elle lui demanda :

— Vous avez les lettres?

Louyre qui venait de s'asseoir sur la seule chaise, les mains dans les poches, répondit :

— Elles ne me quittent jamais.

Au bruit qu'elle fit, on comprit qu'elle avalait une grosse bouchée un peu précipitamment.

— Et vous allez me les lire ?

Louyre ne répondit pas tout de suite.

— Je ne peux pas te les lire.

— Pourtant vous aviez promis ! hurla la jeune fille en se levant d'un bond.

— Chut ! Quoi qu'il arrive quand nous sommes tous les deux, tu n'élèves pas le son de la voix, compris ? Je ne peux pas te les lire parce que cela prendrait trop de temps et je n'ai pas assez d'huile pour la lampe. Mais je peux te dire ce qu'il y a dedans.

La jeune fille se rassit en baissant la tête.

— Alors dites-moi !

Louyre inspira comme un père qui s'apprête à lire un conte à un enfant.

— D'abord, dans chaque lettre, il fait le point sur sa position géographique.

— Où est-il ?

— À l'Est. La bonne nouvelle pour toi, c'est qu'à chaque lettre, il se rapproche un peu plus de toi, car l'armée allemande recule devant la poussée de l'armée russe. Il parle aussi de ceux qui sont autour de lui, beaucoup d'hommes de son âge, pas mal d'intellectuels de bonne compagnie. Il dit que des garçons de ton âge les ont rejoints et qu'il passe leur temps, lui et ses camarades, à calmer leur ardeur. Il dit aussi qu'il ne comprend pas « ce qui nous a pris de vouloir conquérir des contrées aussi désolées où le froid règne en maître et où les paysages sont aplatis comme le nez d'un boxeur ». Pour te rassurer, il écrit aussi des choses qui normalement auraient dû être censurées mais qui ont réussi à traverser les lignes. Il affirme par exemple qu'à la vitesse à laquelle sa division recule, il sera à la maison dans moins de six mois. Les combats sont violents, dit-il, mais faut-il s'attendre à autre chose ? Il t'assure qu'il fait son devoir sans se ménager mais qu'il ne prend aucun risque inutile. Même au milieu de la foudre des bombardements, il ne passe pas une heure sans penser à toi, à la force infinie de ses sentiments paternels pour toi. Il puise son inébranlable confiance dans la certitude que Dieu ne peut pas vous séparer. Il dit aussi que quand il a quitté la ferme, il se doutait que tu n'irais pas rejoindre ta tante à la ville. Il a la certitude que tu es restée sur la propriété et que tu as bien fait car il a appris que toutes les permissions pour cette ville ont été supprimées à cause des bombardements ennemis. C'est d'ailleurs la raison pour laquelle il a continué à t'envoyer les lettres chez vous.

Louyre s'interrompit pour allumer une cigarette.

— Quoi d'autre ? répéta la jeune fille impatiente.

— Il dit aussi que tu dois apprendre à ne pas confondre ton pays, ta patrie, avec la bande de criminels qui les dirigent. Il a pris beaucoup de risques pour t'écrire cela. Si la lettre avait été interceptée, il aurait pu être fusillé.

— Alors pourquoi a-t-il écrit cela s'il m'aime autant ?

— Parce qu'il a pensé que son devoir était de te prévenir.

— Il ne dit rien d'autre ?

Louyre tira sur sa cigarette dont la braise se mit à courir vers sa bouche. Il recracha la fumée lentement et toussa un peu.

— Que veux-tu qu'il te dise sinon qu'il t'aime, qu'il va bien et qu'il espère te revoir bientôt ?

— Il ne dit vraiment rien d'autre ?

— Non.

Avec la vitalité de sa jeunesse, elle se mit à la fenêtre en faisant le geste de ramener l'air frais à elle. Elle regarda Louyre.

— Vous verrez, tout cela se terminera comme un conte de fées.

Elle pointa le ciel de l'index.

— Dieu veille. Il sait ce que j'ai fait pour lui.

Maria vint se coller un peu contre son épaule.

— Et vous, vous ne me demandez rien ?

— Ce que tu pourrais me donner ne rendrait rien à Dieu.

Il sortit en lui souhaitant une bonne nuit.

XXIV

Louyre resta un bon moment en haut des marches du premier étage à observer le docteur Halfinger qui déambulait dans le vaste hall de la mairie. C'était un homme cubique, d'une lourdeur qui n'était pas dénuée d'agilité. Il avait une drôle de façon d'accélérer d'un point à un autre avant de se figer devant quelque chose qui suscitait son intérêt, une colonne en marbre, un tableau, ou encore une inscription. Il portait un imperméable qui lui tombait à mi-mollet et une cravate serrée sur un cou de taureau. Vu d'en haut, on distinguait les contours d'une large tonsure sur le dessus de son crâne. Après l'avoir bien détaillé, Louyre le fit chercher par le planton.

Le docteur Halfinger pénétra dans la salle du conseil avec une parfaite assurance. Il salua poliment Louyre, sans ostentation ni obséquiosité, et chercha des yeux la place qui logiquement lui revenait. Quand Louyre la lui eut désignée, il ôta son imperméable et se laissa tomber sur le siège.

Louyre se dit qu'il avait tout d'un voyageur de commerce sollicité pour promouvoir une nouvelle carte, si ce n'était quelque chose dans les yeux qui le distinguait nettement du commun des mortels. Il se rappela l'expression d'Hubert : « Des yeux bleus presque blancs. »

Louyre posa ses coudes devant lui en joignant ses mains.

— Merci de vous être déplacé, docteur.

D'un mouvement de main qui balayait devant lui, le médecin répondit :

— C'est tout à fait naturel mais, dites-moi, puis-je vous demander une faveur ?

— Je vous en prie.

— Accepteriez-vous que notre entretien se fasse en français. Non pas que votre allemand ne soit de grande qualité mais voyez-vous j'ai pour cette langue une fascination musicale. Vous permettez ?

Louyre le regarda, intrigué.

— Pourquoi pas ?

Il reprit en français.

— Vous êtes bien l'ancien directeur de l'institut de convalescence de la ville ?

Halfinger n'eut aucune hésitation.

— Absolument.

— Il est actuellement fermé et vide à ce que j'ai pu voir.

— C'est cela.

— Et pourquoi ?

Le médecin haussa les sourcils pour accentuer l'expression de sa surprise.

— Parce que les autorités l'ont décidé.

— Quelles autorités, docteur?

— Les autorités sanitaires de la région en accord avec celles du Reich qui couvrent l'Intérieur et la Santé publique.

— De quand date cette décision?

— De septembre 1944, effective au 31 octobre 1944.

— Bien. Donc la fermeture définitive date du 31 octobre 1944.

— C'est exact. Enfin disons que nous avons eu un peu de retard pour des raisons matérielles. La fermeture effective a eu lieu le 7 novembre. Sept jours de retard, c'est peu de chose, n'est-ce pas?

— Et pourquoi, d'après vous, cette décision?

Halfinger prit son temps pour étayer sa réponse.

— L'évolution de la guerre a poussé l'administration à faire des économies, et en cela nous ne pouvons pas la blâmer. Le matériel a été redistribué plus au nord à des centres qui en avaient l'impérative nécessité.

— Avec la montée des pertes dans votre armée et l'augmentation vertigineuse du nombre de blessés, on pouvait se passer selon vous d'un institut de convalescence de cette taille?

— Certainement. D'ailleurs la convalescence n'était pas la priorité. Les blessés de retour du front avaient besoin de vrais hôpitaux.

— Bien, admettons. Qu'est-il advenu du personnel?

— Il a été réaffecté plus près du front.

— Et vous?

— On m'a mis à la retraite.

— On vous a mis à la retraite comme ça, en pleine guerre?

— Oui.

— Vous trouvez cela logique?

— Non, mais c'est ainsi. C'est en quelque sorte le résultat d'un certain rapport de force, pour être honnête avec vous.

— C'est-à-dire?

— On m'a proposé de me nommer dans un camp de concentration. Je ne vous apprendrai pas, ou peut-être suis-je en train de vous l'apprendre, que ce qui se passait dans les camps de concentration n'était pas joli joli, si je peux m'exprimer ainsi. J'ai donc refusé, arguant que mes connaissances n'étaient pas adaptées à l'utilisation qu'ils envisageaient. Ils ont insisté.

— Qui ils?

— Ils, c'est plus commode à ce stade. Mais si puissants fussent-ils j'avais mes soutiens, alors ils m'ont mis à la retraite d'office.

Halfinger s'affaissa de bien-être dans son fauteuil.

— Comment saviez-vous ce qui se passait dans les camps de concentration?

— Oh! des réunions entre directeurs et certains praticiens à Berlin. J'ai même croisé dans un colloque un médecin qui pratiquait en Pologne, son nom ne vous dira rien, le docteur Mengele. Il ne s'est pas ouvert à moi directement, nous n'étions pas assez intimes, mais je l'ai surpris disant à d'autres : "Ce qui se passe là-bas est horrible."

— Et que faites-vous désormais?

— Je profite de ma retraite. Je joue du piano, fort mal d'ailleurs, regardez mes mains, avec des doigts pareils, difficile de ne pas taper deux notes en même temps. Je jardine et je lis.

— Est-ce indiscret de vous demander si vous avez une famille?

— Non, depuis quand cacherait-on ce qui fait son bonheur et sa gloire. J'ai une femme aimante et une fille de seize ans.

Louyre se leva pour se dégourdir les jambes.

— Pouvez-vous me parler de vos relations avec le maire de la ville et le père Wurtz?

— Bien sûr. Le maire est au conseil d'administration de l'institut et j'ai pour le père Wurtz la considération d'un fidèle pour le représentant de son Église.

— Le conseil d'administration fonctionne toujours?

— Ces derniers temps, je n'en voyais pas la nécessité, mais le calme revenu nous reprendrons ces assemblées au moins pour respecter le formalisme. Je suis toujours directeur de l'institut et payé en tant que tel. C'est en cela que consiste ma retraite jusqu'au jour où j'atteindrai l'âge légal de la prendre effectivement. Quant au père Wurtz, il m'a demandé un accès au verger et au potager de l'institut pour ses orphelins. J'ai trouvé que c'était une bonne idée, même si la grande majorité de ces orphelins ne sont pas du canton.

— Pourquoi ne le sont-ils pas?

— Qui dit orphelin, dit père et mère disparus. Pour le père, ce n'est pas compliqué la guerre en a fait disparaître des millions. Les mères décédées sont plus rares à moins qu'elles n'aient vécu dans des zones de bombardements. Or, nous n'avons pas été bombardés ici. Les orphelins viennent donc des grandes villes. Mais qu'importe. Devant l'afflux d'enfants, j'ai ma petite idée. Je pense que nous pouvons envisager de mettre les locaux de l'institut à leur disposition et agrandir les surfaces cultivables à la totalité du parc.

— J'y ai également pensé.

Louyre eut soudainement l'impression qu'un voile blanc lui passait devant les yeux. Ses jambes devinrent molles et son cœur se mit à battre anormalement comme si une indicible émotion l'agitait, puis tout rentra dans l'ordre. Curieusement, alors que sa faiblesse venait de lui jouer un tour, Louyre se décida à prendre l'initiative.

— Je n'ai pas l'intention de vous emprisonner pour le moment, mais vous allez être assigné à résidence sous la garde de mon unité.

Le regard du médecin se troubla à peine.

— Pourquoi donc, capitaine, qu'avez-vous à me reprocher?

Louyre ne répondit rien. Il allongea ses jambes sur la table, semelles face à son interlocuteur comme chaque fois qu'il voulait marquer sa supériorité — non sans reconnaître le ridicule de son comportement. Puis il reprit d'une voix un peu lasse :

— Voyez-vous, docteur, vous êtes certainement un éminent médecin, un scientifique de qualité dans la spécialité qui est la vôtre, mais votre grand défaut comme celui de bien de vos contemporains est de ne pas faire assez de place au hasard, à l'enchaînement des probabilités. On ne peut pas tout prévoir, c'est impossible. Et ce que j'aurais dû mettre des semaines sinon des mois à comprendre m'est parvenu dans sa lumière crue, d'une façon imprévisible, inattendue, en une seule fois. Donc je sais. Maintenant le plus important pour moi va être de déterminer le pourquoi de ce que je sais. Nous allons laisser l'interrogatoire là. Nous le reprendrons demain et les jours suivants. D'ici demain, vous aurez tout le loisir de méditer sur ce que vous allez me dire sachant désormais que l'affaire est entendue. Vous me suivez ? Je vous propose de faire l'économie des mensonges dans lesquels vous vous croyez confortablement installé.

Halfinger eut un bref rictus.

— Mais qu'est-ce que vous pensez savoir, capitaine ?

Louyre se rassit normalement et avança son visage pour lui répondre.

— Je sais la même chose que vous. Et j'attends avec impatience le récit que vous allez m'en faire. Il y aura certainement des différences qui tiennent à nos subjectivités respectives. Mais nous finirons bien par nous rejoindre sur une réalité incontestable.

Le médecin s'assombrit.

— J'en doute.

— Pourquoi?

— Parce que les gens comme vous ne sont pas à même d'apprécier les actes d'hommes comme moi.

— Pour quelles raisons?

— Nos mondes diffèrent trop. Pardonnez-moi cet a priori.

— Nous verrons, Halfinger, nous verrons.

— Vous cherchez une vérité?

Louyre se dressa d'un coup pour signifier la fin de l'entretien.

— Pas une vérité au sens philosophique du terme, je suis beaucoup plus modeste que cela, je cherche à résoudre l'énigme d'un meurtre.

Le médecin se mit à rire.

— Un meurtre, dans une guerre qui a fait des millions de morts?

— Justement, chacun a droit au respect et à un peu de vérité, même s'il est noyé dans une mer de sang.

Halfinger fixa Louyre, incrédule, et l'officier vit des éclats de haine pétiller dans ses yeux.

XXV

Comme chaque soir, Louyre rendit visite à la jeune fille à l'heure où le bâtiment, privé d'électricité, sombrait dans le silence après des heures de bruit et d'agitation. Il frappa puis entra. La jeune fille était prostrée, assise au bord de son lit, la tête sur ses genoux, ses cheveux défaits. Elle ne prit pas la peine de se relever. Louyre tira à lui la seule chaise de la pièce. Il s'installa en face d'elle. Puis il lui serra le bras assez fort pour la faire réagir. Elle fit un geste rapide de reconnaissance. Louyre réalisa qu'il n'avait rien à lui dire, mais que sa présence lui était devenue nécessaire et que leurs rencontres nocturnes s'installaient désormais comme un rituel inattendu. Elle se releva d'un coup et frappa ses cuisses comme si elle voulait en chasser le sang.

— Vous ne voulez vraiment rien ! cria-t-elle.

Elle répéta la question à trois reprises, indifférente à la réponse avant de se balancer d'avant en arrière en tentant de s'étourdir.

Louyre resta immobile, il ne répondit pas. Il posa la main sur la sienne. Elle la retira et partit dans un monologue, d'une voix inquiétante qu'il ne lui connaissait pas.

— De l'affection ? Oh non, non. L'affection ne compte pas. On n'échange rien contre de l'affection. C'est que vous n'avez rien à me dire, rien à me donner, c'est ça ? Dieu n'accepte pas les pacotilles ! Il faut du vrai, du sonnant, du trébuchant. Pour qui prenez-vous Dieu, hein ? D'où vous vient ce mépris ? D'où tenez-vous qu'il puisse se contenter de sentiments ridicules comme l'affection. Hein ? Hein ? Moi qui vous prenais pour un homme sensé ? Mais vous n'êtes rien. Incapable du moindre sacrifice. Je n'envie pas votre petite vie. Vous êtes un médiocre, aucune qualité, je l'ai bien vu quand vous m'avez résumé les lettres de mon père. Le ton n'y était pas. On voit bien que vous ne l'avez pas connu ! Vous croyez que je vais rester là indéfiniment. Pour quoi faire ? Pour essuyer vos silences, éponger votre ennui ? Je suis une femme maintenant. J'ai fait tout ce qu'il fallait pour le devenir. Vous devez me relâcher de cette prison infecte où je ne vois que des porcs de Français avec des mines incertaines. C'est ça, j'ai trouvé le mot, des mines incertaines. Ce n'est pas moi qui ai perdu la guerre, je ne mérite pas qu'on me traite comme un rat !

Son ton avait augmenté graduellement, ses dernières phrases avaient résonné avec la démesure de la démence. La porte s'ouvrit brutalement, Hubert apparut une lampe de fortune à la main. Il s'avança doucement pour éclairer les deux visages. Le faisceau remonta d'un coup lorsqu'il reconnut son supérieur. Il s'excusa et resta pétrifié dans l'attente de la consigne. Louyre se releva et sortit le premier. Quand Hubert fut dehors, il ferma la porte à clé et la mit dans sa poche. Il lâcha, désabusé :

— Demain, quand vous m'aurez amené le docteur Halfinger, vous vous mettrez à la recherche d'une maison à réquisitionner. J'y déménagerai avec la petite. Dans la vieille ville de préférence, avec vue sur le fleuve. Cette caserne ne lui vaut rien.

— Mais, objecta l'adjudant, on va jaser, mon capitaine.

— Qui va jaser, Hubert ?

— Les Allemands, et... les hommes de notre unité.

Louyre pressa sa lèvre supérieure entre deux doigts.

— C'est une loi de l'espèce de reprocher aux autres ce que l'on souhaite pour soi-même. Tel que vous me voyez, Hubert, je ne suis pas sensible à la calomnie.

XXVI

Pour son second entretien, le docteur Halfinger avait conservé la même chemise que la veille, la même cravate trop serrée sur son cou puissant. Ses lunettes avaient changé, la monture en écaille avait été remplacée par une armature noire plus austère.

— Connaissez-vous la famille Richter, docteur?

Le médecin chercha sa réponse à travers la fenêtre de la salle qui distillait une lumière timide.

— J'ai connu plusieurs familles Richter.

— Y en a-t-il une que vous avez connue en particulier?

— Oh oui! Sigmund Richter, un avocat de qualité.

— C'est tout?

— Vous savez, Richter est un nom assez courant. Comme médecin, il se peut...

— Hans Richter, cela ne vous dit rien?

Halfinger se frappa le front d'une manière un peu théâtrale.

— Grands dieux, bien sûr, le propriétaire terrien. Nous chantions à la chorale ensemble. Vous êtes sans doute trop récent ici pour savoir que nous avons une fameuse chorale qui donne tous les ans la *Messe en si* de Bach à la cathédrale. C'est un événement. Hans Richter y est un fidèle compagnon. Voilà plus de vingt ans que nous chantons ensemble. Il est doté d'ailleurs d'une très belle voix de baryton basse. Il s'est même une fois essayé à l'opéra dans le rôle de... cela m'échappe, dans *La Flûte enchantée* de Mozart. Il manquait un peu d'assurance, mais il a une voix très chaude. Comment pouvais-je l'oublier ?

— En dehors de la musique, vous étiez liés ?

— Il nous est arrivé de nous voir. Nous avions déjà les dîners de la chorale dans la vieille ville et il est possible que nous nous soyons reçus une ou deux fois.

— Vous avez une idée de ses opinions politiques ?

— Oh ! c'est un propriétaire agricole respecté. Par ici les exploitations ne sont pas immenses, mais la sienne est de bonne taille, assez bien située, en hauteur. Il avait des responsabilités professionnelles syndicales, me semble-t-il, et je crois qu'il est devenu membre du Parti national-socialiste, assez tardivement.

— Vous voulez dire après vous ?

Halfinger ouvrit les bras pour souligner l'évidence.

— J'ai adhéré dès 1933.

— Et pourquoi ?

À l'idée de la haute tâche qui lui incombait de résumer en quelques mots douze années d'engagement, il posa ses coudes sur la longue table. Le pli qui se forma sur la grande nappe verte l'incommoda, il eut à cœur de la repasser de ses larges mains avant de reposer délicatement ses coudes pour joindre ses doigts et tendre son dos de colosse. Son regard blanchit, sa voix se fit confidentielle.

— Je dirai... Il arrive à Dieu de douter, nous avons choisi de décider pour lui.

Halfinger s'interrompit :

— Vous n'imaginez pas ce que c'est, une opportunité pareille. Avant 33, nous avions une vie de reptiliens bourgeois d'une consternante médiocrité. Notre expérience, même si elle se termine aujourd'hui, nous ne devons pas la regretter, peu d'hommes dans l'histoire de l'humanité ont eu ce sentiment de plénitude qui était le nôtre. Le sentiment de vivre une grande ambition collective, vous ne savez pas ce que c'est, se lever le matin transporté par une vision du monde au lieu de faire allégeance à la médiocrité et à la légion de ses promoteurs.

Il marqua une nouvelle hésitation.

— Mais il y a eu des erreurs...

— Lesquelles ?

— Pour être sincère avec vous, l'exaltation est une excellente chose sauf lorsqu'elle prend un virage psychotique, c'est le psychiatre qui vous parle.

— Parce que vous êtes psychiatre ?

Halfinger eut l'air de se demander s'il devait regretter cet aveu puis il décida de l'assumer.

— J'ai été psychiatre. Mais là n'est pas la question. Cela me donne juste les éléments pour juger que l'attitude délirante de l'entourage de notre Führer nous a conduits trop loin, trop vite.

— Des remords ?

— Pas le moindre. Des regrets, oui.

— Vous avez connu cet entourage.

— Je ne vais pas me vanter alors qu'il n'y a personne pour me contredire. Je n'ai jamais approché à proprement parler le premier cercle. Mais disons que j'avais mes entrées dans le deuxième cercle.

— Ce qui vous a évité d'être envoyé comme médecin en camp de concentration.

— Exactement.

— Savez-vous ce qui s'y passait dans ces camps ?

— Il me semble que oui. Au départ il s'agissait de simples camps de détention et de travail pour les opposants et les bolcheviques. S'y sont ajoutés les tsiganes, les résistants des pays occupés et les juifs. Et puis il me semble qu'on en est venus à des solutions radicales.

— Pourquoi ?

— Par manque de place, j'imagine. Mais je ne connais pas le détail. C'est toujours le problème quand vous confiez des foules égarées à des brutes mal dégrossies en petit nombre, ça dérape. Mais je n'en sais pas plus.

— Sur les juifs, vous avez pensé quoi?

— Je vais être franc avec vous. Je n'ai jamais particulièrement aimé ce peuple, et l'écarter de l'Europe me paraissait une idée saine. Mais je n'approuve pas le délire paranoïaque dont ils ont fait l'objet. Une fois les lois raciales adoptées, je pense que nous pouvions nous contenter de cet arsenal juridique pour nous protéger. Ensuite, il fallait les envoyer en Palestine au milieu des leurs, les Arabes.

— Mais les Arabes sont musulmans.

— Dans notre ville, voyez-vous, nous avons deux Églises puissantes, les catholiques et les évangéliques. Les deux cohabitent très bien même s'ils sont différents. Les évangéliques portaient le national-socialisme en eux. Il leur a suffi de vider le Christ de sa bonté et de le remplacer par le Führer. Les catholiques ont un cheminement émotionnel plus complexe.

Il sortit un mouchoir de sa poche et se moucha énergiquement.

— Pardonnez-moi, mais j'ai l'impression que je commence à avoir des allergies de printemps, le pollen probablement.

Il plia consciencieusement le mouchoir avant de le ranger.

— Mais dites-moi, capitaine, cette conversation m'est très agréable, mais elle ne dit rien sur les raisons de ma présence ici ni sur mon assignation à résidence. Je ne m'en offusque pas car vous venez d'arriver et je comprends très bien que votre perception de notre réalité tâtonne un peu...

— Docteur, j'enquête sur un meurtre et je vous auditionne dans le cadre de ce meurtre.

— Je peux en savoir plus?

Louyre se sentit irrépressiblement attiré par l'air du dehors et se leva pour aller respirer.

— Nous avons trouvé chez les Richter les restes calcinés d'un homme dont nous ne connaissons pas l'identité.

— Et en quoi cela me concerne-t-il?

— Je sais que cela vous concerne. Pourquoi? Je finirai par l'apprendre. Rassurez-vous, je suis convaincu que vous n'êtes pas le meurtrier.

— J'aimerais vous dire que je suis rassuré, mais je n'ai jamais été vraiment inquiet. Je peux donc circuler librement?

Louyre baissa la tête pour ne pas le regarder.

— Je crains que non.

— Mais pourquoi?

Le capitaine se fit cinglant.

— Apprenez, si vous ne le savez pas déjà, que les vainqueurs ont leur propre loi, qui échappe parfois aux vaincus.

— Je comprends très bien, il m'avait simplement échappé que vous apparteniez au clan des vainqueurs.

Halfinger se surprit lui-même de sa propre insolence. Puis il ajouta plein de morgue :

— Ou alors vous vous êtes perdu, c'est une explication.

Louyre parla d'une voix douce.

— Profitez du printemps, Halfinger, car rien ne dit que vous verrez l'été.

Le médecin recula au bout de sa chaise. Il se tamponna le front où perlaient quelques rares gouttes de sueur. Puis d'une voix qui se voulait conciliante et assurée, il reprit :

— Je ne vous comprends pas très bien, capitaine. Vous me parlez d'un meurtre que j'ignore totalement, vous m'assurez, j'en suis fort aise, que je n'en suis pas l'auteur et puis vous me menacez. Avouez que c'est étrange pour un esprit sensible et logique comme le mien.

Louyre qui allumait une cigarette chaque fois qu'il pensait que les circonstances en valaient la peine, sortit son paquet de sa poche.

— J'ai eu tort de vous menacer. C'est vous reconnaître une capacité émotionnelle que vous n'avez pas.

— Envisagez-vous de faire de moi un bouc émissaire ?

— Oh non ! Je ne m'aventurerai pas sur un terrain où je suis certain de ne pas avoir votre expertise.

— Mon expertise ?

— Je veux dire celle de votre peuple.

— Parce que le vôtre n'en a aucune en la matière ?

— Bien, coupons là, j'ai d'autres sujets à gérer. Nous nous reverrons demain. Lors des deux premières séances, nous avons lié connaissance. Demain je vous demanderai d'être plus factuel.

— Comment?

— Il faut vous remettre dans les rails. Sinon vous allez me faire perdre du temps. Pour cela, imaginez que par le plus grand des hasards, j'aie intercepté un courrier venant du front qui explique par bribes cohérentes tout ce qui s'est passé dans cette bourgade depuis septembre 1939. Son rédacteur n'est pas suspect de fantaisie. Ce qu'il écrit dans ses lettres est assez précis et d'une sincérité redoutable car il s'adresse à sa seule descendance. Ce que je vous demande est très simple. Me raconter en détail ce que je sais déjà.

— Pourquoi voulez-vous que je vous le raconte si vous le savez déjà?

Louyre prit un temps infini pour répondre en arpentant la salle du conseil de long en large. À chaque endroit où ses chaussures faisaient craquer le plancher, il s'immobilisait puis reculait pour reprendre sa marche et comparer le nouveau craquement avec le précédent. Il se décida à répondre à un moment où Halfinger ne l'attendait plus.

— Si vous collaborez, sur la base de votre témoignage, je pourrai mener une instruction digne de ce nom et la transmettre à une personne autorisée. Si vous ne collaborez pas, il ne sera plus question d'instruction. Mon dossier perdra de sa consistance.

— Et alors?

— Alors? Je serai obligé de vous exécuter sans autre forme de procès.

— Vous en avez le droit?

— Je serai le droit.

Halfinger, qui donnait jusqu'ici l'impression d'un homme avachi, se redressa sur son siège et arbora un curieux air de dignité. Il ferma le bouton du milieu de sa veste puis se leva et déclara sur un ton d'une solennité non feinte :

— Bien, capitaine. Sachez que les mensonges et les dissimulations que vous suspectez n'ont été commis que par respect des ordres et en aucun cas pour me protéger d'éventuelles représailles qui, de mon point de vue, ne sont absolument pas justifiées. Je compte bien vous démontrer la pureté de mes intentions et vous verrez que je sortirai grandi à vos yeux de cet interrogatoire, il établira la preuve que tout a été fait en conscience au service d'une certaine idée du bien.

Il tourna les talons et sortit.

XXVII

— Madame Finzi, vous n'ouvrirez à personne. Pas même au garde français qui surveille l'entrée de l'immeuble. Si on vous menace dans la rue ou ailleurs, vous devrez me le dire immédiatement. La jeune fille ne doit sortir en aucun cas de l'appartement, vous m'entendez?

— Je vous entends bien, monsieur l'officier, mais il me semble que cette jeune fille n'a aucune intention de sortir. Elle vaque d'un fauteuil à l'autre, passant de la tristesse à la gaieté.

Mme Finzi était la seule présence vivante de ce confortable appartement aux murs en pierre et aux poutres apparentes dont la façon remontait à trois siècles au moins. Quantité de tableaux de petits maîtres s'y trouvaient réunis, révélant les nombreuses campagnes militaires auxquelles avait participé le propriétaire des lieux. Des icônes s'entassaient dépouillées de leur âme, natures mortes et dorées. L'armure complète d'un chevalier teuton, surmontée d'un heaume en proue de destroyer sur lequel un panache mité tombait en arrosoir, veillait sur les prises de guerre. Des meubles bourgeois, fauteuil Voltaire d'époque, console Louis XVI, guéridons Napoléon III peints en noir, s'alignaient dans une logique de garde-meuble. La masse disparate d'objets volés ne suffisait pas à masquer complètement le goût de parvenu du propriétaire de l'appartement qui, aux dires de Mme Finzi, était de modeste extraction. À l'en croire c'était un tailleur de pierre qui, en rejoignant les SS, avait réussi tout ce qui lui semblait inaccessible ailleurs. Pour s'en convaincre, sa bonne à demeure était la mère de son ancien employeur. Il imaginait qu'il était mort assassiné par des partisans dans les Balkans. En tout cas, on ne l'avait pas revu depuis des années et, sa mère ayant succombé à la grippe au cours de l'hiver 1940, on ne lui connaissait pas d'héritier. Mme Finzi, convaincue que ce genre d'individu finissait toujours par renaître, n'avait pas bougé et continuait avec ses petits moyens de veuve de la Grande Guerre à entretenir a minima ce qui était devenu un musée. Elle s'honorait pourtant d'héberger le plus gradé des occupants avec un sens de l'hospitalité qui s'embarrassait peu d'a priori. Elle prit aussitôt la jeune Allemande sous sa protection avec le tact des serviteurs qui ne veulent rien savoir des turpitudes de leur maître.

La jeune femme résidait dans une chambre avec vue sur la berge à l'angle de la rue qui remontait vers le centre historique. La pièce épousait la forme de l'immeuble qui à cet endroit se rétrécissait. Tout en longueur, la chambre était vaste et ne recevait la lumière que les après-midi de beau temps.

Maria reposait, couchée sur le ventre, les bras collés le long du corps, la tête face au mur. Louyre fit le tour du lit pour s'approcher d'elle. Ses yeux étaient fixes et ne clignaient pas. Elle respirait si doucement que les mouvements de sa poitrine étaient imperceptibles. Il s'accroupit pour se mettre à la hauteur de sa tête.

— Tout va bien ?

Elle ne répondit d'abord rien puis murmura d'une voix atone :

— Je vais à Dieu.

— Par quel moyen ? murmura Louyre narquois en lui prenant la main qu'elle avait glacée.

Encore plus doucement, elle répondit avec un ton plein de sensualité.

— J'hésite.

Ils restèrent sans bouger l'un près de l'autre alors qu'à travers la fenêtre entrebâillée leur parvenait le bruit délicat du fleuve dans sa fuite incessante.

Elle se tourna sur le flanc et en profita pour joindre ses mains entre ses cuisses, abandonnant celle de l'officier.

— Vous ne me laisserez pas, n'est-ce pas ?

Louyre recula un peu et ne répondit rien, troublé. Il se releva et d'un air tout à coup distant, il lui conseilla :

— Tu devrais t'occuper un peu.

— Je n'ai envie de rien. En tout cas rien de ce qui occupe les gens en ce moment.

Elle se mit sur le dos, face au plafond ; entre les poutres et solives elle ne voyait qu'une toile d'araignée.

— Je n'ai envie que de vous. Il faudra me prendre, vous savez.

Louyre recula vers la porte.

— Car sinon d'autres le feront qui ne me méritent pas.

XXVIII

En présence du médecin, la gardienne de l'institut s'inclina à plusieurs reprises, avec une exagération qui rappelait le comportement des serfs vis-à-vis des aristocrates dans la lointaine Russie, avant que la révolution ne leur rende pour un temps un peu de dignité. Son fils se tenait toujours derrière elle, avec sa tête ronde et sa bouille enjouée. En revoyant les lieux, Halfinger se gonfla d'une grandeur passée qu'il était seul à comprendre. Il se retourna brusquement vers Louyre.

— Pourquoi m'avez-vous amené ici ?

Son regard traduisait autant l'orgueil que l'indignation.

Louyre, le nez en l'air, ne se donna pas la peine de le regarder pour lui répondre.

— Quel bel endroit, vous ne trouvez pas ? J'entends déjà les cris de joie des enfants qui vont s'y ébattre quand l'été viendra. Ce sera le temps de la renaissance, une nouvelle génération de petits Allemands pleins de vigueur et d'espérance. Et la fin de votre époque, dont il ne restera rien. Il faudra penser à convoquer un conseil d'administration rapidement. Vous avez le pouvoir de le faire ?

Le médecin opina.

— Certainement.

Louyre perçut chez le médecin l'immense contrariété de n'être plus rien que le directeur d'un institut désaffecté.

L'officier avança vers le bâtiment, les mains dans le dos.

— Dites-moi, Halfinger, où sont partis tous les meubles ?

— Plusieurs camions les ont transférés dans des centres près du front.

— Qui étaient les transporteurs ?

— Des policiers attachés au département des transports du ministère.

— Vous les connaissez ?

— De vue, certainement.

— Il doit bien rester des chaises quelque part, et une table qui pourrait faire office de bureau.

— Pour quoi faire ?

Louyre s'arrêta pour contempler un chêne vieux de plusieurs siècles qui s'évasait puissamment vers le ciel.

— Je souhaite poursuivre notre conversation dans ce qui était votre bureau. Je suis persuadé que ce décor vous correspond mieux que la salle du conseil municipal, trop impersonnelle. Qu'on nous trouve deux chaises et une table.

Halfinger s'adressa à la gardienne qui prit

d'abord une mine dubitative, se gratta la tête puis s'illumina de la solution qu'elle avait trouvée. Un cabanon près de sa maison conservait quelques meubles sous clé. Louyre fit signe à son chauffeur, Voquel, de la suivre. Il se mit en route en direction du grand bureau qui lui avait semblé, lors de sa première visite, être celui du directeur de l'hôpital. De là, se souvenait-il, on avait la vue à l'avant sur la vieille ville. L'arrière donnait sur les jardins cultivés. Une dizaine de rideaux à l'opacité douteuse habillaient les fenêtres d'un uniforme inutile. Louyre les tira un à un pour laisser la lumière pénétrer la pièce boisée pendant que Voquel et la gardienne — toujours suivie de son fils — disposaient une table et deux chaises. Il les chassa d'un geste de la main et indiqua sa place au médecin, dos à la vieille ville, face au jardin. Il alla à la porte, la ferma à clé, mit la clé dans sa poche et alluma une cigarette.

— Mais vous n'avez pas de cendrier, objecta Halfinger.

Louyre le dévisagea à travers ses yeux mi-clos :

— C'est sans importance, j'écraserai mes mégots par terre. Maintenant nous allons parler pour de bon. Nous n'avons rien à manger, rien à boire, pas de lit pour dormir et pas d'électricité. Nous ne quitterons cette pièce que quand tout sera dit. Si vous tentez de fuir, je vous abattrai. Et si vous décidez de vous jeter par la fenêtre, je ne ferai rien pour vous en dissuader.

Nous n'avons pas de greffier et je n'ai pas de papier pour prendre de notes.

— Alors, à quoi tout cela va-t-il servir?

— À rien. Je veux juste que ces mots soient prononcés.

Le médecin tira sur son nœud de cravate.

— Vous avez l'intention de me tuer, une fois l'interrogatoire fini?

— Ce n'est pas un interrogatoire. C'est une confession.

— Vous n'avez pas l'intention d'instruire un procès?

— J'y ai pensé mais, finalement, la forme me répugne. Un procès n'a d'utilité que pour tirer des leçons et punir. Tirer des leçons d'une vie comme la vôtre, je n'en vois pas l'intérêt. Quant à vous punir, je laisse la réprobation et la vengeance à d'autres. Ne croyez pas que vous m'intéressez, Halfinger, vous m'intriguez seulement et c'est une tout autre chose.

Il sortit de sa poche intérieure le paquet de lettres écrites par le père de Maria.

— Voici le dossier à charge. Regardez ce que je vais en faire.

Avec son briquet, il mit le feu à une lettre et la jeta sur le parquet. Puis il fit de même pour toutes les autres, créant autour de lui un cercle de foyers incandescents qui se consumèrent sans bruit, dans une fumée noire qui montait en spirale vers le plafond.

— J'ai oublié une des règles du jeu. Elle est discrétionnaire, j'en conviens, et elle me confère un pouvoir auquel je n'ai jamais aspiré dans l'existence. Vous allez me donner votre version des faits. Si à un moment ou à un autre j'estime qu'elle s'éloigne par trop de la vérité, que vous me mentez, que vous me manipulez, je n'hésiterai pas à vous mettre une balle dans la tête.

Il regarda les cendres des lettres affaissées sur le plancher.

— Tout était écrit sur ces pages. Un homme qui va mourir ne ment pas à sa fille. Car il est mort à présent.

— Comment le savez-vous?

— Une sourde conviction.

— Qui d'autre a lu les lettres?

Louyre répondit sans hésiter.

— Personne d'autre que moi. Maria Richter n'a plus de lunettes. L'opticien n'est pas revenu du front, probablement mort celui-là aussi. Voilà, cher docteur, nous ne sommes que deux à savoir. Et la vérité ne m'importe pas au point de vous dissuader de mourir, si c'est votre souhait. Je me contenterai de votre mort, s'il le faut.

— Je n'ai aucune intention de me suicider.

— Vous aviez le temps de fuir depuis que vous avez appris que j'enquêtais sur une piste qui me conduirait forcément à vous. Pourquoi ne l'avez-vous pas fait?

— Parce que j'ai estimé que je n'avais rien à me reprocher.

— C'est bien, lâcha Louyre pris de lassitude. Maintenant que les règles sont établies nous allons commencer. Vous pouvez prendre votre temps. Un funambule vérifie toujours la semelle de ses chaussures avant de s'engager sur un fil.

Halfinger se leva et se planta devant la fenêtre qui donnait sur le verger. Les mains dans le dos, ses doigts se contorsionnaient telles de grosses limaces sur un pied de salade.

— Quand vous en aurez fini avec la partie de la vérité qui contrevient aux ordres qu'on vous a donnés, vous verrez que les choses s'enchaîneront naturellement. Allez-y! lança Louyre.

Le médecin garda le silence un moment, il paraissait accablé par la perspective de sa reddition.

— On m'a demandé de dire qu'ici se tenait autrefois un institut de convalescence, je l'ai fait de bonne foi. En réalité, et je ne vous apprends rien, il s'agissait d'un hôpital psychiatrique public dont j'étais le directeur. Je le suis toujours d'ailleurs, même si l'hôpital a disparu. Nous avons soigné ici jusqu'à 487 malades. Ce chiffre extrême a été atteint en octobre 1938. Je m'en souviens très précisément car j'avais alors alerté mon autorité de tutelle sur le fait que nous étions à la limite de ce qui était supportable pour un hôpital régional car notre ressort dépassait largement le canton. J'ai reçu un courrier qui prenait acte de mon problème mais qui n'y voyait pour l'heure rien de catastrophique. "Ce genre de tension démographique hospitalière, soulignaient-ils, est statistiquement explicable. L'expérience nous pousse à considérer qu'une personne sur mille est atteinte de troubles psychiatriques qui nécessitent un internement. Votre institut couvre un périmètre démographique de 500 000 habitants, vous êtes parfaitement dans les normes. Sans sous-estimer les inconvénients d'une telle surpopulation, nous pensons que vous pouvez vous en accommoder sans dommage. Une politique précise est en cours de définition sur laquelle nous ne manquerons pas de vous consulter et elle sera, à n'en pas douter, de nature à régler votre problème conjoncturel."

« Quelques semaines plus tard, j'ai reçu la visite du professeur Schwanz, qui avait été mon professeur à la faculté et pour lequel j'avais beaucoup de considération à la fois humaine et professionnelle. Il était très proche de la retraite. Depuis quelques mois, il n'exerçait plus comme clinicien ni comme directeur de centre mais nous savions qu'il participait au niveau national à des travaux de réflexion essentiels sur l'évolution de notre discipline. Il avait même d'importantes responsabilités que sa modestie naturelle lui faisait occulter. Cet homme était né pour servir et nullement se servir. C'était un homme — je dis c'était, car il est mort brutalement d'un arrêt du cœur quelques mois plus tard — de petite taille mais qui avait l'élégance des gens élancés. Malgré sa minceur, il aimait les agapes. Il pouvait passer des heures à table. Dès son arrivée, je l'ai conduit à la brasserie la plus réputée du centre-ville, il n'y en avait que trois à l'époque et nous nous sommes attablés de fort bonne humeur car il adorait la bière.

« La brasserie battait son plein ce jour-là et ce repas représente un de ces rares moments de quiétude qui agrémentent une vie quand vous êtes attablé avec quelqu'un qui est au même niveau de compréhension de l'existence que vous-même. Il se crée alors une harmonie unique que même une femme aimée et désirée n'est pas capable de vous procurer. Le partage de nos convictions profondes étayées par des raisonnements sans faille donnait lieu à un moment de virilité exceptionnel qui aurait pu servir d'exemple à ce que doivent être les relations entre hommes. Il respectait mes convictions avec soin. Un jour que je lui faisais part de mes réticences morales sur un point particulier, j'ai vu son visage s'allumer et il m'a dit : "Sans doute ces réticences sont-elles fondées et, si je me laissais aller, moi-même je les partagerais certainement mais, voyez-vous, un scrupule ne doit jamais briser une chaîne de responsabilités. Cette chaîne relie vos subordonnés à moi et votre devoir est de ne pas rompre ce lien sacré qui fait la force de notre entreprise. Vous devez me remettre les clés de votre conscience comme vous le feriez de celles de votre maison, sachant que je vous rendrai les lieux comme vous les aurez quittés." Le professeur Schwanz était un eugéniste reconnu. Il avait participé à l'élaboration de la loi sur la stérilisation des malades mentaux.

— Parce que les maladies mentales sont héréditaires ?

— Oui, pour beaucoup d'entre elles, avec des degrés de duplication plus ou moins élevés selon les maladies. Mais dans la schizophrénie qui nous intéressait en premier lieu, car elle est la plus répandue et la plus dommageable au corps social, nous avions de sérieuses observations qui prouvaient sa transmission génétique. Là-dessus, Schwanz et moi étions en parfait accord. D'ailleurs, qui viendrait contester le bien-fondé de notre initiative d'interrompre à l'échelle d'une nation ce que j'appelle "l'engrenage du malheur". Mais les bonnes intentions ne suffisent pas. Les modalités d'application ont une importance primordiale. Nous avons montré dans ce pays une corrélation très élevée entre l'intention et la réalisation, on ne peut pas nous le reprocher. Mais je dois dire que concernant la stérilisation des malades mentaux nous n'avons pas été à la hauteur. Nombre d'entre elles ont échoué ou, parfois, conduisaient à des actes plus proches de la boucherie que de la psychiatrie et sachez que j'ai réagi. Car autant il était facile d'opérer sur des malades internés, autant nous étions confrontés à d'autres difficultés dès qu'il s'agissait de malades qui vivaient hors de nos murs. Ils étaient d'ailleurs les plus nombreux car la population commençait à avoir des doutes sur la volonté thérapeutique qui animait nos établissements. Il se disait tant de choses à l'époque, souvent mensongères d'ailleurs. J'ai donc développé mon propre système de stérilisation qui présentait l'avantage considérable d'éviter tout contact physique avec le malade, et donc tout risque de réaction pathétique de sa part. C'était un appareil qui diffusait des rayons X. On le plaçait sous une table et, pendant que le malade s'entretenait avec un médecin ou une infirmière, les radiations dirigées vers son appareil génital faisaient leur effet...

— Pardonnez-moi, l'interrompit Louyre. Vous dites que les schizophrènes constituaient le plus gros effectif des malades mentaux. Je ne suis pas psychiatre, vous vous en doutez, pouvez-vous me préciser ce que vous entendez par schizophrénie?

— C'est une maladie assez complexe, mais je ne désespère pas de vous la rendre simple. La schizophrénie se caractérise par une désintégration de la personnalité qui intervient généralement juste après l'âge de la puberté. Les malades perdent progressivement le contact avec la réalité. On assiste à un fléchissement de leur élan vital, de leur activité mentale. Ils deviennent froids, indifférents aux normes et conventions sociales, souvent irascibles, hostiles à la société. On remarque qu'ils tentent parfois de lutter contre cette dissociation mentale en essayant de se rassembler autour d'un idéal tendu à l'extrême — politique ou religieux — où ils poussent le rationalisme jusqu'à l'absurde. On note chez eux une anxiété constante, une angoisse floue, une propension anormale à douter quand il ne le faudrait pas et surtout une reconstruction souvent délirante du monde extérieur. Ils sont généralement désinvestis sur le plan affectif, ce qui conduit à une sexualité dissociée des sentiments et de ce fait souvent masturbatoire. La proportion de schizophrènes est constante dans chaque société, une personne sur mille me paraît le bon chiffre. Quand la dissociation est trop douloureuse, il leur arrive de mettre fin à leurs jours.

Halfinger s'arrêta soucieux comme si quelque chose venait de lui échapper.

— Oui, si je vous parlais de proportion constante de schizophrènes dans les populations, c'est bien la preuve qu'ils se reproduisent.

Le nez en l'air, il resta quelques instants plongé dans ses réflexions. Puis ajouta en souriant :

— Il m'apparaît même comme une évidence, maintenant que je vous en parle, que cette absence d'affectivité liée à leur sexualité les pousse à en user sans limites puisque l'amour n'entre pas en ligne de compte. Ainsi la répétition de cet acte sans fondement, purement animal, débouche sur un risque de reproduction accru. Où en étais-je? Oui. On ne peut pas affirmer que la stérilisation a été un échec, mais elle ne donna pas totalement satisfaction. Des réunions ont continué à se tenir à Berlin, au plus haut niveau entre grands cliniciens. Je dois reconnaître que je n'ai jamais été invité. Pourquoi? Il faudrait le demander aux autres.

Leur en ai-je tenu rigueur ? Non. L'adhésion à un mode de pensée exige de mettre son ego en retrait. Les grandes décisions se prennent à l'intérieur de cercles restreints. Quelques éminents psychiatres ont planché avec des politiques sur les objectifs à atteindre après la stérilisation.

— De quels objectifs parlez-vous ?

— L'amélioration de la race, pardi ! Mais ne pensez pas que l'eugénisme est une invention allemande. Tout le monde travaillait sur le sujet en Europe entre les deux guerres. Je pourrais vous citer une kyrielle de grands scientifiques anglais, par exemple, qui planchaient sur ce problème. Ce qui s'étudiait sans gloire ailleurs a été abordé ouvertement par nos dirigeants. Schwanz me disait qu'on évoquait fréquemment, lors de la commission du Reich, les inquiétudes de notre guide sur les problèmes de déchéance et d'abâtardissement.

— Et sur quoi cette commission travaillait-elle exactement ?

— Je n'y étais pas. Je suppose qu'elle traitait une partie du problème. L'abâtardissement, c'est la question juive ; les mariages interraciaux, cela ne pouvait pas les concerner. En revanche, le problème de la déchéance des Allemands de souche, cela les regardait en tout premier lieu. Cette menace n'était pas plus grande qu'ailleurs, mais nous avions décidé d'y faire face pour des raisons idéologiques dans un premier temps — pureté de la race et lutte contre les asociaux —, puis économiques dans un deuxième temps. Les menaces de guerre nous obligeaient à considérer le traitement des bouches inutiles. Dans un troisième temps, les interrogations purement morales ont surgi : fallait-il laisser vivre des enfants, des hommes et des femmes en souffrance. Et qui était mieux placé que les psychiatres pour juger de cette souffrance ? Personne. Les infirmières étaient aussi capables de témoigner du calvaire des malades mentaux, ce qui explique que certaines d'entre elles aient pu être associées à la commission du Reich. Les membres de la commission touchaient des primes substantielles pour leur travail et surtout pour leur silence. Je le sais car Schwanz s'en est ouvert à moi. Le secret est incompatible avec l'être humain. Vous savez pourquoi ? Parce que s'il n'est pas lourd, ce n'est pas un vrai secret. S'il est écrasant, cela devient intolérable pour la personne qui le porte et elle doit le partager sauf à se mettre elle-même en péril. Pour Schwanz, il en allait autrement, j'étais quelque part un autre lui-même, en moins réussi peut-être.

— Pourquoi le secret, si ces travaux se faisaient dans le cadre de la politique affichée par l'État ?

— Bonne question. Je l'ai moi-même posée à Schwanz. Il m'a répondu : "Vous savez, c'est un sujet sensible, il s'agit d'Allemands tout de même. Personne n'aime les juifs, pas plus en Allemagne qu'ailleurs, alors que les malades mentaux font partie intégrante de la communauté nationale, il faut être prudent. Surtout qu'en dehors des malades pour des raisons génétiques, nous soignions en asile encore beaucoup d'anciens combattants de la guerre de 14. On nous a dit que le Führer lui-même marchait sur des œufs." Vous imaginez, notre Führer marcher sur des œufs !

Louyre demanda à contretemps :

— Personne n'a réagi à la stérilisation de ces patients ?

— Non, personne. Vous savez, se dresser contre le Reich pour défendre le droit à des débiles de se reproduire, pardonnez-moi, mais il faut être un malade mental soi-même. Pour vous remettre dans le contexte, vous devez vous rappeler que la guerre se préparait et que la frange dégénérescente de notre société n'était pas la priorité absolue. Pour préparer une guerre, il vaut mieux porter ses efforts sur des hommes sains que sur des sous-hommes qui lévitent entre l'être humain et l'animal. Plus près de l'animal que de l'homme d'ailleurs car ils ne sont pas capables de se nourrir par eux-mêmes, à l'image des animaux domestiques qui eux, au moins, on le voit avec le cheval ou le chien, rendent des services. J'ai pu préciser toute cette réflexion à l'époque car j'avais la chance d'avoir comme interlocuteur un homme de la qualité de Schwanz. Jouer au tennis seul n'a pas de sens. Il en est de même des réflexions sur les grands sujets. Hitler, dit-on, usait lui aussi de la discussion pour affiner sa pensée. Mais, précisait Schwanz,

Hitler se méfiait de ce fond de compassion qu'il n'était pas arrivé à éradiquer chez notre peuple. Il s'en inquiétait au moment où nous nous préparions à de lourds sacrifices humains. Il ne voulait pas que des esprits faibles, encore pétris de la morale chrétienne et de son chapelet de niaiseries, viennent miner le moral de nos troupes depuis l'arrière, par des geignements d'un autre temps. Il craignait de ne pas être bien compris dans ce qu'il s'apprêtait à faire. À l'intérieur comme à l'extérieur. Il savait que le personnel hospitalier psychiatrique risquait de mal accueillir ces projets. Tout cela méritait d'avancer à pas feutrés. D'autant que l'Église catholique avait obtenu, lors de la loi sur la stérilisation, que seuls les médecins intimement convaincus du bien-fondé de cette loi soient amenés à intervenir.

— Vous en faisiez partie, de ces médecins?

— Très honnêtement, je n'ai jamais douté de l'intérêt qu'il y avait pour une société d'interrompre la chaîne du malheur.

— Pourtant vous êtes catholique?

— Oui, je le suis, et je n'ai jamais cessé de l'être.

— Et qu'est-ce qu'Hitler s'apprêtait à faire, selon vous?

Le médecin ne répondit pas tout de suite. Il regarda de biais son interlocuteur à plusieurs reprises, hésitant à lui livrer les informations qu'il se préparait à lui assener. Il se décida enfin :

— En août 39, on dit qu'il avait conscience de la nécessité impérative de libérer des lits d'hôpitaux pour les blessés qui allaient immanquablement affluer, la guerre étant imminente. Mais, chose intéressante, Hitler, selon Schwanz, était réticent à l'idée que le petit peuple sache que lui, leur guide, était à l'origine, ou même seulement informé, d'une décision aussi radicale. Curieusement, il pensait que ces ordres passeraient nettement mieux si le peuple s'imaginait que de telles orientations reconnues nécessaires mais jugées trop brutales n'avaient pas germé dans l'esprit du Führer. Ensuite le cortège de ces dispositions finissait par disparaître dans les brumes du quotidien des gens simples. C'est, m'a-t-on dit à l'époque, la raison pour laquelle il n'a pas été question de loi, mais seulement d'une ordonnance très lâche du Führer lui-même, sur son propre papier à en-tête, une sorte de préconisation dont je n'ai jamais vu la copie mais qui disait en substance, toujours selon Schwanz qui était mon seul lien avec toute cette affaire : "Le Reichleiter Bouhler (un ponte de la chancellerie) et le docteur Brandt (le médecin personnel de Hitler) sont chargés, sous leur propre responsabilité, d'élargir les compétences de certains médecins qu'ils auront eux-mêmes désignés, les autorisant à accorder la mort par faveur aux malades qui, selon le jugement humain, et à la suite d'une évaluation critique de l'état de leur maladie, auront été considérés incurables."

Louyre ne commenta pas. Il se contenta de répéter len-tement :

— La mort par faveur.

Halfinger reprit la balle au bond.

— Oui, l'euthanasie comme vous le savez n'est un droit nulle part. C'est pour cela qu'il est justifié de parler de faveur lorsque l'on délivre un être humain de ses souffrances. Quelque chose vous choque là-dedans ?

Pour toute réponse, Louyre prononça d'une voix atone :

— Continuez, continuez.

Le docteur sourit à l'idée de ce qu'il allait dire.

— Vous remarquerez que je ne fais pas de rétention d'information. Je vous livre les faits exactement tels qu'ils me sont parvenus par l'intermédiaire de Schwanz. La volonté d'épargner à la population, et aux femmes en particulier, l'action d'envergure qui était envisagée a nécessité de créer des structures dédiées qui court-circuitaient les services traditionnels du ministère de la Santé et de l'Intérieur. Un bureau appelé Aktion T4 a été logé au numéro 4 de la Tiergartenstrasse à Berlin. Bouhler comme Brandt avaient d'autres chats à fouetter que d'en assurer le quotidien, et ce travail a été confié à plusieurs psychiatres cliniciens. Ils ont ainsi élaboré trois organismes. Le premier était "La fondation générale des instituts de soins" qui gérait le personnel des centres désignés pour passer à la phase opérationnelle voulue par le Führer. Le deuxième organisme s'appelait "La communauté de travail du Reich pour les établissements thérapeutiques et hospitaliers". Il était en charge des questionnaires adressés aux asiles psychiatriques et de la préparation des expertises. Fut également créée une "Société d'utilité publique pour le transport des malades". Le dispositif n'était pas plus compliqué que cela.

— Mais pourquoi ce dispositif? demanda Louyre incrédule. Pour effectuer un tri des malades?

— Le dispositif nous fut présenté à l'époque, à nous les directeurs d'établissement, comme un recensement de la force de travail disponible pour l'économie de guerre. On pouvait le comprendre. Qui parmi nos malades était autonome, qui était capable de subvenir à ses propres besoins, qui était en mesure de travailler aux champs ou d'exercer un artisanat, etc. Il n'était pas question de mettre tous les malades dans le même sac, cela aurait été injuste. Nous avons donc reçu à l'automne 39 un questionnaire émanant de la communauté de travail du Reich pour les établissements thérapeutiques et hospitaliers. Un exemplaire devait être rempli pour chaque patient. Il visait à préciser si le malade était atteint de schizophrénie, d'épilepsie (quand celle-ci était exogène, il fallait en indiquer les causes), de démence sénile, de paralysies générales ou autres maladies syphilitiques; il fallait aussi recenser l'idiotie, l'encéphalite, la maladie de Huntington et diverses affections neurologiques dégénératives. En plus de ces pathologies particulières, un dispositif plus général consistait à consigner tous les malades internés dans l'établissement depuis au moins cinq ans, les malades mentaux criminels et ceux qui n'étaient pas de sang allemand ou de nationalité allemande.

— Pourquoi ?

— Il était clair que le programme d'euthanasie par faveur, s'il était mené à terme puisque, à ce moment-là, vous vous en doutez nous n'en étions qu'à son évaluation, ne devait profiter qu'aux Allemands. Les juifs en étaient exclus, de même que tous les ressortissants des pays non occupés. Les Autrichiens comme les Polonais pouvaient aussi en bénéficier. Quand j'ai demandé à Schwanz pourquoi les juifs étaient retirés du programme, il m'a dit que le Reich ne voulait pas leur consentir cet honneur et qu'il valait mieux les transférer dans des camps de concentration mieux adaptés aux exigences de leur race. J'ai donc rempli un questionnaire par malade d'une page environ. Comme nous pensions que les plus aptes de nos malades allaient être déplacés vers des camps de travail, beaucoup de directeurs d'institut ont falsifié leurs questionnaires pour les rendre inaptes.

— Dans quel but ?

— Pour qu'ils puissent rester travailler. Nous avions besoin de main-d'œuvre pour assurer notre autosuffisance alimentaire.

— Mais vous saviez que ces malades allaient bénéficier du programme d'euthanasie par faveur ?

— Nous ne savions pas lesquels. Nous pensions, nous les directeurs d'établissement, qu'une infime partie d'entre eux jugés inaptes à toute vie sociale profiteraient du programme. J'ai rempli moi-même les questionnaires un par un avec, je vous l'assure, les meilleures intentions du monde. Un expert de la "Fondation du Reich" est venu me rendre visite au milieu de l'automne, jugeant que quelques cas lui paraissaient litigieux. Je m'en souviens comme d'un personnage sinistre. Je l'ai emmené manger dans ma brasserie favorite. J'ai essayé d'en savoir plus car Schwanz lui-même n'avait pas toutes les informations.

« "Qu'allez-vous faire des individus que vous allez sélectionner ?" lui ai-je demandé.

« Il m'a répondu assez sèchement :

« "Leur donner une véritable utilité sociale pour les uns, abréger leurs souffrances pour les autres.

« — Et comment allez-vous procéder ?" ai-je poursuivi.

« Il a commandé un autre verre de schnaps, il en était à son troisième, même s'il mangeait peu.

« "Vous n'aurez à vous occuper de rien. La société de transport se chargera de conduire les malades à la destination qui aura été retenue pour eux.

« — Et pour les morts par compassion ? ai-je avancé.

« — Vous voulez dire les morts par faveur ?

« — Oui c'est cela.

« — Nous avons un service chargé d'adresser aux familles un courrier annonçant le décès de leur parent où, en plus de nos condoléances, il leur sera donné la possibilité de récupérer les effets personnels du disparu et ses cendres sous un délai de quatorze jours. Nous ferons en sorte que le courrier leur parvienne une fois le délai écoulé vers le seizième ou le dix-septième jour.

« — Et vous allez procéder en une seule fois ?" ai-je demandé en levant mon verre à sa santé.

« Il a bu le sien cul sec, puis il a allumé une cigarette en aspirant la fumée si fort que je m'attendais à la voir ressortir dans son dos.

« "Vous êtes bien membre du parti, docteur Halfinger ?

« — Sans aucun doute, ai-je répliqué.

« — Alors, il y a certaines choses dont on peut parler librement. Nous pensons que les familles seront un peu déroutées au début mais que, très vite, elles nous rendront grâce de les avoir débarrassées d'un fardeau. Les principes moraux ne résistent pas longtemps au soulagement matériel. En prenant la vie de ces inaptes, nous leur rendons la leur. Je ne dis pas que cela prendra une semaine pour assimiler cet avantage mais cela viendra beaucoup plus vite que vous ne l'imaginez. Nous tablons sur un taux de protestation assez faible des familles elles-mêmes et de toute évidence dégressif. Non, si nous avons une crainte c'est à propos des personnels d'exécution. Il est moins facile qu'on ne le pense de trouver de bons agents qui ne faiblissent pas devant la masse. C'est un problème qu'il ne faut pas sous-estimer. Nous y sommes déjà confrontés en Pologne. Le meurtre de masse suscite chez beaucoup une frénésie objective. Mais si l'opération perdure, elle finit par provoquer un dégoût de l'exécutant qui perd la motivation première de son geste. Pour caricaturer, à quelques exceptions près, je dirai que chacun de nous possède un enthousiasme à tuer limité. La haine est bien utile pour mobiliser les tueurs, vient ensuite l'utilité, puis la nécessité. Mais parfois le nombre de victimes incriminées exige de puiser en soi pour dépasser ces trois seuls critères et c'est là que l'on trouve des hommes subitement désarmés comme des enfants qu'un jouet adoré n'intéresse plus.

« — Et si je peux me permettre, monsieur l'expert, ai-je ajouté, comment comptez-vous procéder ?

« — Par transfert. Nous parlerons officiellement aux intéressés de transfert d'un hôpital dans un autre pour regroupement, rationalisation des soins, et cela, tout le monde est capable de le comprendre. Six centres au total regrouperont les élus.

« — Et les autres ?"

« Il a fait signe au garçon en lui montrant son verre de schnaps vide.

« "Quels autres ?

« — Eh bien, ai-je bafouillé, les autres...

« — Il n'y aura pas d'autres. Et cette confidence fait de vous un des nôtres maintenant. Vous savez ce que vous encourez à divulguer la teneur de notre entretien ?"

« Il m'a prodigué de sa main osseuse une petite tape sur l'épaule.

« "Et comment allons-nous faire ? ai-je ajouté timidement.

« — Maintenant, je peux vous le dire. Gaz d'échappement de camion et incinération. Ne me regardez pas comme ça, on ne sait pas faire mieux. Ce genre de traitement de masse n'était pas prémédité, alors on improvise avec les moyens du bord."

« Voilà ce qu'il m'a dit et j'avoue que je suis resté deux jours sans dormir.

— Seulement deux jours ? objecta Louyre.

— Façon de parler.

Louyre en avait assez entendu, il se leva et s'éloigna. La nuit était tombée sur la pièce et pourtant la lumière avait à peine faibli. Face à la vieille ville, la lune se dévoilait dans un halo de brume hésitante.

— Qu'est-ce que vous regardez ? lui demanda le médecin.

— Je regarde la lune. Elle est pleine et parfaitement ronde ce soir.

Il observa un long silence avant de poursuivre :

— Vous savez à quoi tient la vie ?

Halfinger attendit sa réponse, intrigué.

— À la couche d'atmosphère. Imaginez que cette sphère soit la terre. Songez encore qu'on l'ait enduite d'une couche de vernis. C'est à ce vernis que tient toute la vie, cette couche minuscule qui nous permet de respirer.

Il se retourna.

— Et maintenant, imaginez une couche de vernis sur les ongles d'une femme qui vit sur cette terre. C'est l'épaisseur de notre civilisation. Y avez-vous jamais pensé ?

Le mouvement incontrôlé des lèvres du médecin trahit sa confusion. Mais avant qu'il n'ait eu le temps de répondre, on frappa.

Louyre se rendit à la porte qu'il ouvrit avec la clé qu'il avait gardée dans sa poche. Un soldat de son unité se tenait devant lui et l'attira dehors d'un signe de la tête pour lui communiquer une information à voix basse. Quand il l'eut entendu jusqu'au bout, Louyre se retourna vers Halfinger.

— Nous devons nous en tenir là pour l'instant. Une urgence m'appelle. Êtes-vous capable de soigner une blessure par balle ?

Le médecin, surpris, saisit l'opportunité qui lui était donnée de quitter les lieux, et répondit avec célérité :

— Je dois bien avoir gardé quelques notions d'anatomie acquises pendant mes premières années de médecine.

XXIX

Plusieurs militaires gardaient l'entrée de l'immeuble où Louyre résidait. L'un d'eux le conduisit jusqu'au palier du deuxième étage sur le sol duquel gisait un homme les bras en croix, les yeux grands ouverts. Un filet de sang coulait le long de sa mâchoire et glissait dans l'oreille. L'homme, encore jeune, avait un visage aux traits plutôt fins. Une des jambes de son pantalon remontait le long de son mollet, découvrant des muscles puissants. Sa cravate, comme un serpent, se tortillait sur la moquette. Sa chemise blanche était salement ensanglantée. À côté de lui se tenait le militaire qui l'avait tué.

— Je lui ai demandé ses papiers. Il a fait comme s'il ne comprenait pas et il a accéléré en se mettant à courir dans les escaliers. Je l'ai rejoint au deuxième. Il a sorti un luger et je l'ai mitraillé. Louyre s'effaça pour laisser Halfinger l'examiner. Le médecin se baissa, lui palpa la carotide et lui ferma les yeux.

— Il est bel et bien mort.

Sans regarder Louyre, il sentit la pesanteur

de son regard sur ses épaules. Sa question ne l'étonna pas.

— Vous le connaissiez?

Le médecin hésita. Trop longtemps pour nier ensuite qu'il l'avait vu plusieurs fois.

— C'est un policier local qui a été recruté au service des transports dont je vous ai parlé. Quand les transports ont été suspendus pour des raisons que je vous expliquerai plus tard, il a repris son poste.

— Pourquoi n'a-t-il pas été envoyé au front?

— Si vous me laissez l'autopsier, je pourrai vous en donner la raison médicale, fit Halfinger en souriant.

— Ce ne sera pas nécessaire, conclut Louyre dégoûté.

Des bruits de pas légers précédant d'autres plus lourds se firent entendre alors que tous les visages étaient tournés vers ce cadavre. Louyre leva les yeux et aperçut Maria suivie de Mme Finzi qui ne semblait pas plus émue que si elle avait croisé un voisin sur le chemin de ses courses.

La silhouette de Maria et de ses cheveux blonds discrètement bouclés firent un effet immédiat sur tous les hommes présents. Elle s'approcha du mort, le contourna dans un sens puis dans l'autre. Elle s'accroupit, lui ouvrit un œil délicatement en écartant sa paupière de son pouce et de son index. Sans bouger elle recula un peu pour s'assurer de l'effet de cet œil ouvert sur le reste de son visage. Elle se releva et clama d'une voix exagérément forte :

— C'est lui, c'est lui, ça ne fait aucun doute.

— Qui lui ? demanda Louyre

Elle sembla se refermer sur elle-même. Louyre la prit doucement par le poignet et répéta :

— Lui qui ?

Elle répondit avec exaltation :

— Lui ? Eh bien l'homme qui m'a sauvé la vie.

— Nous verrons cela plus tard, coupa Louyre, avec douceur et fermeté, ne souhaitant pas que ses révélations profitent à toute l'assemblée.

Mme Finzi prit la jeune fille par l'épaule pour la reconduire à l'étage supérieur pendant que Louyre descendait les escaliers avec Halfinger. Arrivé en bas, devant la porte de l'immeuble, il se rendit compte que le cours d'eau dispensait une musique apaisante et il resta dans la fraîcheur de la nuit à fumer une cigarette. Le médecin se tenait à côté de lui, plus agité.

— Vous l'avez reconnue ? finit par demander Louyre.

— Oui, je vous l'ai dit.

— Je ne parle pas de lui. Je parle d'elle.

— Elle, qui ? La jeune fille ou la vieille ?

— La jeune fille.

— Aucune idée.

— Vous avez pourtant bien connu sa mère.

— Je vois mal et je ne suis pas physionomiste, de qui s'agit-il ?

— De la fille de Hans et Clara Richter.

Halfinger n'affecta aucune émotion.

— Maintenant que vous me le dites. C'est

bien possible. Je ne l'ai pas bien vue. J'ai le souvenir de beaucoup plus de taille, d'élégance et de grâce chez sa mère, mais peut-être n'est-elle encore qu'une enfant ?

— Elle n'est plus tout à fait une enfant, lâcha Louyre sans le regarder.

Il continua à tirer sur sa cigarette avant de l'écraser sous son pied.

— Tout cela ne nous dit pas pourquoi son sauveur voulait l'assassiner ? Vous avez une idée ?

Halfinger lui parut étonnamment sincère :

— Comment voulez-vous que je sache pourquoi il voulait l'assassiner alors que je ne sais pas plus pourquoi il lui avait sauvé la vie.

Louyre se fit flegmatique.

— Il y a comme cela des énigmes qu'on peine à résoudre. Certaines sont plus faciles. D'autres enfin sont inaccessibles. Si on y retournait.

— Où ? À l'hôpital ?

— Vous êtes loin de m'avoir tout appris.

— Mais vous n'y êtes pas, il est tard.

— Nous vivons une époque qui ne fait pas de différence entre le jour et la nuit. Autant en profiter.

Sans écouter la protestation du médecin, le capitaine se mit en route vers sa jeep. En chemin, il pensa que l'homme qui venait d'être tué connaissait forcément Mme Finzi et qu'il comptait sur elle pour lui ouvrir en toute confiance, une fois le contrôle passé. Mais la mort de cet homme l'amenait à s'interroger sur ce qui l'avait amené si près de Maria.

Dans la nuit blanche, chaque pierre, chaque monument prenait forme, livrait son âme en exhibant des effigies parfois inquiétantes. La ville retenait son souffle jusqu'au petit jour et Louyre se demandait ce que pouvait être désormais le matin pour ces hommes et ces femmes qui, le temps d'une utopie idéologique désastreuse, avaient cru pouvoir se soustraire à leur condition. Tous n'y avaient certainement pas cru de la même manière, mais chacun, à sa façon, avec une certaine griserie, s'était vu en homme nouveau. Pareille à la mer qui rend ses cadavres quelques jours après la tempête, même si la plupart de ceux qu'il croisait le jour n'avaient pas bougé de leur bourgade, la guerre les ramenait là, échoués sur le flanc dans le noir et la faim. L'idée qu'il était du côté des vainqueurs lui traversa l'esprit alors qu'il essayait de se protéger du vent qui soufflait dans la voiture ouverte. Il se demanda s'il y avait jamais eu de victoire joyeuse si, chaque fois, l'humanité ne creusait pas un peu plus sa tombe, dans l'attente que la nature, par maladresse, ne l'efface de la surface de ce globe minuscule à l'échelle de l'univers, lassée de ce vacarme incohérent, des fumées nauséabondes et des cris de femmes et d'enfants. Tout en se protégeant du froid qui s'insinuait dans les interstices de la capote, Halfinger se colla contre Louyre et lui lâcha d'un air de confidence :

— Cet homme était un homosexuel.

Louyre ne répondit pas.

— Cela ne vous choque pas?

Louyre se manifesta à contrecœur.

— Personnellement, je préfère voir des hommes s'aimer que s'entre-tuer.

— Mais cet homme-là tuait, capitaine!

— Probablement parce qu'on l'a empêché d'aimer ou d'être aimé.

— Vous êtes une sorte de libéral, ou vous avez une fascination pour la décadence? demanda le médecin offusqué.

— Non, je ne suis rien, comme tout un chacun, mais je jouis de ma supériorité illusoire de le savoir. Chacun ses plaisirs, docteur.

XXX

La conversation reprit là où ils l'avaient quittée. Louyre demanda :

— Et alors, ensuite ?

— Les dossiers ont été examinés par des experts et...

— Ça, vous me l'avez déjà dit.

Sans regarder Halfinger, Louyre ôta avec les dents le bouchon de la bouteille de schnaps qu'il avait réquisitionnée dans la jeep.

Il but une gorgée au goulot, puis une autre avant de la refermer sans en proposer au médecin.

— Ensuite les transports ont été organisés. Ils sont venus chercher les malades dans des cars aux vitres noircies, comment dire, des vitres opaques pour qu'on ne puisse pas voir ce qui se passait à l'intérieur. C'était toujours les mêmes hommes. Ils étaient trois, un chauffeur et deux hommes de main assez brutaux. Parmi ces hommes, il y avait celui qui vient d'être tué. Ce sont d'anciens policiers. Je me souviens plus précisément de l'autre, son binôme, qui pour moi représentait l'exemple parfait de l'homme déshumanisé. Il ne se gênait pas pour dire aux malades où ils les menaient. Certains trouvaient cela drôle, pensant qu'il jouait au méchant, d'autres étaient frappés car ils n'allaient pas assez vite. Je m'en offusquais parfois et mes infirmières ont été jusqu'à les insulter.

— Qu'est-ce qui conditionnait la fréquence des transports? demanda Louyre en se servant une nouvelle gorgée de schnaps.

— Leur capacité à les absorber, j'imagine. Je n'ai jamais été informé personnellement de leurs problèmes, mais je sais que certains faire-part de décès sont parvenus aux familles plusieurs semaines après l'acheminement de leur parent vers un centre.

— Vous dites vous être offusqué, mais vous ne vous êtes jamais opposé.

Halfinger réfléchit longuement.

— Pour beaucoup d'entre eux, je ne pensais pas que la mort était particulièrement pénible, c'était plutôt une libération. Il faut avoir travaillé dans ce genre d'établissement pour savoir ce que ces malades endurent. Au début, les textes parlaient de malades incurables et totalement incapables de réaliser dans quel état ils se trouvaient. Je dois avouer que j'ai aussi ajouté des malades conscients du processus de dégénération qui les menaçait. Je ne le regrette pas. Et puis, il ne faut pas oublier le contexte dans lequel nous nous trouvions. Je ne me suis jamais inscrit dans la perspective d'un Reich de mille ans. D'ailleurs, ne pensez pas que nous avions perdu tout sens de l'humour. Un jour que je déjeunais avec Schwanz dans la fameuse brasserie qu'il aimait tant, je me souviens lui avoir dit : "Mais professeur, pourquoi un Reich de mille ans? Pourquoi se limiter à mille ans? Que sont mille années à l'échelle de l'histoire du monde et de l'humanité? Notre Führer n'a-t-il pas péché par excès d'humilité?" Et nous avons beaucoup ri.

— Vous avez ri? répéta Louyre, glacial.

— Oui, beaucoup, confirma Halfinger. Soyons sérieux, reprit-il, vous devez comprendre que lorsqu'un individu comme moi, à l'image de millions d'autres, accepte une expérience extraordinaire, qui révolutionne l'humanité, on imagine bien qu'il faut en passer par des stades où certains individus payent parfois injustement le prix d'une ambition collective. Certes de nombreux malades ont été sacrifiés mais il s'agissait d'une grande cause. C'est parfois regrettable, je vous le concède.

— Vous n'avez jamais eu le sentiment de participer à une vaste entreprise de destruction?

Le médecin se gonfla d'un coup, touché. Il se leva et se mit à marcher de long en large.

— L'espèce humaine porte en elle-même les germes de sa propre destruction, à l'inverse des espèces animales qui vivent un cycle préétabli selon des règles propres à chacune d'elles. La conscience et la mort sont intimement liées, capitaine. La conscience d'être est intimement liée à celle de mourir. Cette mort doit être utile et spectaculaire, il ne faut plus être cet animal d'abattage que nous avons été en 1914, nous les Allemands. La question de la destruction n'est pas intéressante en soi car, je vous l'ai dit, elle est inhérente à ce que nous sommes. La seule vraie question est de savoir rendre utile cette destruction.

— Et c'est ce que vous avez fait ?

— Au moins nous, nous avions un dessein.

Comme Halfinger n'en finissait pas de tourner, Louyre lui ordonna de s'asseoir. Il reprit d'un ton moins emporté :

— Vous avez accepté de saborder votre science.

Le médecin réfléchit.

— L'honneur de la science est de soulager les malades et non pas de s'obstiner à vouloir les soigner coûte que coûte.

— C'est aux malades qu'il revient de décider.

Halfinger ne releva pas et poursuivit :

— Ils ont supprimé des bouches inutiles en temps de guerre, ils ont coupé le cordon funeste de l'hérédité maladive. Si cela devait conduire à faire disparaître notre science, nous n'y voyions pas d'inconvénient. Les juifs avaient commencé à gangrener les sciences de l'esprit par des démarches intellectuelles falsificatrices héritées directement de leur méthode de lecture de l'Ancien Testament. Freud et la psychanalyse sont le meilleur exemple de la façon particulière qu'un juif a de rendre cohérent quelque chose qui ne l'est pas, par pur orgueil, par absence totale d'humilité scientifique. Je préfère me saborder que d'adhérer à cette diarrhée intellectuelle.

Le voyant s'enflammer, Louyre lui fit comprendre d'un geste de la main que cela suffisait, qu'il en avait assez entendu.

— Au final, combien de vos malades sont partis pour les centres ?

— Un peu plus des deux tiers.

— Pourquoi pas plus ?

— Par manque de temps.

— Comment, par manque de temps ?

— L'ensemble du processus T4 a été suspendu le 24 août 1941, moins de deux ans après le début des travaux. L'opération s'est ébruitée. Des familles étaient plus attachées à leurs petits monstres qu'on aurait pu le penser. L'Église catholique par l'intermédiaire de l'évêque de Berlin a parlé à voix haute de meurtres déguisés en euthanasie. Le plus remonté a été, dit-on, monseigneur von Galen qui a vivement protesté en chaire. Ses sermons ont été copiés et diffusés sur le front. Ce que j'ai trouvé un peu vicieux dans l'attitude des chrétiens en général — car les protestants s'en sont mêlés aussi —, c'est qu'ils ont fait accroire à nos soldats que nous liquidions à l'arrière les anciens combattants handicapés physiques et mentaux. Ils se sont sans doute imaginé que nous allions procéder de même pour les blessés de retour des combats, handicapés à vie ou atteints de démence traumatique. La chancellerie a été surprise car ce même clergé ne s'était pas dressé contre la stérilisation des malades mentaux. Hitler a envisagé de faire assassiner monseigneur von Galen, l'évêque de Munster, mais Goebbels l'en a dissuadé. C'est en tout cas ce que m'a raconté Schwanz quand il est venu me voir pour m'informer que le processus était interrompu. Nous sommes de nouveau retournés à notre brasserie préférée mais cette fois, il faut bien l'avouer, la carte s'était considérablement appauvrie. Schwanz semblait contrarié. "Qu'allons-nous faire maintenant?" lui ai-je demandé, suspendu à ses lèvres d'où je m'attendais à voir sortir des consignes claires comme nous en avions l'habitude. "Patienter, m'a-t-il répondu. Nous avons notre idée, mais il est encore un peu tôt pour en discuter."

XXXI

Louyre écrasa une cigarette qu'il n'avait fumée qu'à moitié puis vint s'asseoir sur la table près d'Halfinger. Il se pencha vers lui :

— Et Clara Richter, dans quel car est-elle partie ?

Le médecin commençait à fléchir. Il se releva d'un coup, presque fier :

— Elle n'est pas partie.

— Quand est-elle arrivée ici ?

— À la fin de l'été 1938. Je la connaissais un peu. Nous avions dîné avec les Richter quelquefois comme je vous l'ai dit. On ne pouvait pas rester insensible à cette femme élancée, dont l'élégance et la beauté s'accordaient mal avec les manières rustiques de Hans Richter, qui, pour être sincère, traînait un peu la pesanteur du propriétaire foncier qu'il était. Mais c'était certainement un homme rassurant pour une femme artiste et un peu fantasque. Je vais être désespérément franc avec vous. Je suis convaincu que si Clara Richter n'avait pas été malade, elle n'aurait jamais eu l'idée d'épouser un homme tel que son mari. Sa maladie l'a sans doute poussée à rechercher la protection d'un compagnon solide. Elle était de ces femmes qui font la grandeur des capitales comme Vienne, Berlin ou même Prague. Notre région, si chatoyante soit-elle, n'offre rien d'assez grand pour des femmes de cette sorte dont la beauté, la culture et la sensibilité artistique ne trouvent pas à s'épanouir dans nos campagnes. Après son mariage, son enfermement dans une existence monotone l'a précipitée dans une échappatoire délirante. Elle avait probablement des prédispositions à la schizophrénie depuis l'adolescence, c'est indubitable. Que sa maladie soit restée latente jusqu'aux premières années de l'âge adulte, c'est une hypothèse plausible. Qu'elle se soit embrasée une fois mariée avec un homme plus âgé qui ne lui offrait pas l'existence à laquelle elle aspirait, c'est aussi une certitude.

« Quand elle venait en ville, elle était très admirée. Je dois reconnaître que le peu de fois où j'ai eu l'occasion de la rencontrer avant que... enfin avant, eh bien, je prenais un plaisir rare à converser avec elle. Car, voyez-vous, elle n'en rajoutait pas comme les femmes qui d'emblée se veulent l'égal des hommes. Elle se montrait très subtile et...

— Suffit ! coupa brutalement Louyre qui se sentait envahi par la lassitude.

Arraché à son élan lyrique, Halfinger quitta sa douce exaltation pour revenir à une narration clinique.

— Après les fêtes de Noël de 1938, nous avons chanté des extraits de la *Messe en si* à l'église. Un repas avait été organisé dans cette taverne que je n'aime pas beaucoup qui est en bas de la vieille ville, près du pont de pierre. Nous étions tous très heureux de notre prestation et le hasard de la table a fait que je me suis trouvé assis à côté de Hans Richter. Nous avons bu jusque tard dans la nuit et, après quelques schnaps, il m'a confié que sa femme venait de connaître deux épisodes violents au cours desquels elle avait complètement perdu le contrôle d'elle-même. En conséquence de quoi il me dit qu'il craignait qu'elle n'attente à sa vie. Par ailleurs il se souciait beaucoup des répercussions d'un tel spectacle sur la santé mentale de sa fille. Mais je sentais qu'il ne me disait pas tout. Vers deux heures du matin, nous sommes sortis pisser nos bières dans le canal comme deux vieux frères, l'un à côté de l'autre, en chantant. Sur la berge, il m'a pris par l'épaule et s'est mis à me faire des confidences. J'ai compris que sa principale inquiétude venait du fait que Clara Richter commençait à persifler contre le régime. Quand je l'avais rencontrée, j'avais été assez étonné par l'étendue de ses connaissances en psychiatrie, signe qu'elle s'y était intéressée pour elle-même. Mais de là à suggérer, à un déjeuner de Noël devant un parterre d'oncles, tantes et autres cousins, que le peuple allemand était atteint d'hystérie au sens freudien du "surplus d'excitation résultant d'un très ancien traumatisme psychique", il y avait un pas, qu'elle avait franchi allégrement. Et le pauvre Richter me disait cela sans rien y comprendre. Il avait perçu qu'il s'agissait d'une critique, mais il était un peu trop terre à terre pour capter parfaitement le sens de ces paroles. "Si je ne la fais pas interner, toute ma famille sera persuadée que je cautionne son délire. Car le pire c'est qu'elle tient ces propos calmement et les délivre avec méthode et douceur comme un médecin de famille pose un diagnostic", m'avait murmuré Hans Richter en reboutonnant sa culotte de cuir. J'étais atteint par l'alcool et je me souviens lui avoir répondu : "Je ne pense pas qu'un internement soit la meilleure solution par les temps qui courent." Il m'a regardé longuement avant de me répondre : "Je ne sais pas de quoi vous parlez, docteur, mais par les temps qui courent, si le bruit circule que ma propre femme se moque à demi-mot de la nation, nous sommes morts. — Emmenez-la-moi en consultation, lui ai-je proposé, avant les fêtes de la nouvelle année car, j'en conviens avec vous, un nouvel esclandre pourrait être fatal à votre famille. Ce qui est tolérable en temps de paix ne l'est plus en temps de guerre. — Si vous me rendez le service de l'héberger pour un temps, docteur, je vous en serai éternellement reconnaissant." Et puis d'une façon totalement inattendue pour un homme de sa corpulence, il a murmuré contre mon épaule, les larmes aux yeux, comme s'il s'agissait du secret de la Création : "Si vous saviez comme je l'aime, docteur, si vous saviez... — J'imagine très bien, monsieur Richter, et vous avez d'autant plus de mérite de prendre une pareille décision. Vous pouvez compter sur mon support, ma discrétion et ma loyauté", ai-je ajouté. Pour mettre un terme à la conversation, avant que nous ne rentrions pour nous jeter un dernier verre il m'a confié : "Vous savez, elle vous apprécie beaucoup, elle dit même parfois que vous êtes le seul homme de la région avec qui elle peut mener une discussion intéressante."

« Sous l'effet de l'alcool, je n'avais pas pris toute la mesure du danger que je faisais courir à cette femme en l'internant, tout en sachant que ne pas l'interner la menait à des tracas bien pires si elle persistait dans ses délires et qu'il advienne qu'un jour quelqu'un s'avise de lui faire payer ses propos. Elle ne se contentait d'ailleurs pas d'incursions maladroites dans la psychanalyse, ses critiques allaient encore plus souvent contre la nation allemande tout entière et "son romantisme national de bas étage". Cela se passait certes en privé, mais, à ce moment-là, la sphère privée avait complètement disparu. Son mari a mis plusieurs jours pour la convaincre de venir me consulter. Elle s'est présentée à l'institut un lundi sans prendre de rendez-vous. Elle était vêtue...

— Ça m'est égal.

— Qu'est-ce qui vous est égal ? demanda le médecin apeuré par les yeux soudainement exorbités de Louyre.

— La façon dont elle était habillée, ça m'est complètement égal.

— Très bien. Sa visite inopinée ne m'arrangeait pas. Ce jour-là nous avions un transport. Et même si les malades n'avaient pas une idée précise de leur destination, on sentait, souvent chez les plus atteints d'ailleurs, un pressentiment aigu de la fin qui les attendait. Les plus débiles se sont débattus avec l'énergie du diable. Les transporteurs ne les ont pas ménagés. Comprenez ma gêne. Pendant que ces hommes de main poussaient mes malades dans leur car, je l'ai reçue dans ce bureau. Elle était extraordinairement calme. Je n'ai pas pu l'empêcher de se porter à la fenêtre, mais elle n'a rien dit. Elle ne semblait pas étonnée. Elle avait beaucoup d'élégance. Puis elle s'est mise à parler, un peu désinvolte : "Mon mari m'a proposé de faire une cure dans votre établissement. Je ne sais pas pourquoi, lorsqu'il m'a fait cette proposition, j'ai pensé à mon livre préféré *La Montagne magique* de Thomas Mann que vous connaissez peut-être." J'ai acquiescé poliment. "Cette cure est certainement salutaire, a-t-elle poursuivi. Aussi salutaire que prendre les eaux à Baden-Baden, j'imagine. Pouvez-vous m'assurer le repos, docteur Halfinger ? — C'est un peu mon métier, mais il faudrait que je puisse vous examiner, votre mari m'a parlé de pertes de contrôle. — De quelles pertes de contrôle ? a-t-elle rétorqué sans feindre l'étonnement. — Il semble qu'en public vous ayez certains débordements qui laissent à penser que vous ne vous contrôlez plus. — On ne peut plus dire ce que l'on pense sous prétexte que l'on est en guerre? — La question n'est pas là, madame Richter. Penser est une chose. Exprimer ses pensées quand on sait qu'elles sont de nature à provoquer une répression en retour c'est cela, voyez-vous, qui pose un problème. Surtout que l'on ne peut pas imaginer un seul instant que vous pensez vraiment les propos que votre mari m'a relatés. Vous ne discernez plus très bien quel est votre intérêt. Vous sentez-vous surmenée? Avez-vous une perte d'intérêt pour les personnes et pour les choses? Avez-vous le sentiment que votre esprit prend des libertés avec vous-même? Vous arrive-t-il d'avoir des hallucinations?" Elle soupira, brutalement désemparée. "Oui, un peu de tout cela. — Et quand on est dans cet état, un peu schizophrénique, si vous permettez, il n'est pas rare qu'on se focalise sur un mode de construction intellectuel qui, poussé à bout, vous entraîne à dénigrer alors que vous n'en pensez rien; vous avez juste besoin de vous concentrer sur quelques raisonnements qui donnent l'apparence de la construction. Vous êtes simplement malade. Je parie que vous avez aussi critiqué votre mari. — En effet. — Que lui avez-vous reproché? — Ce qu'on peut reprocher aux hommes de ce temps, de ne vivre qu'entre eux et pour eux en excluant complètement les femmes comme s'il s'agissait d'êtres maléfiques qui les détournent de leur mission première en leur infligeant l'image entêtante de la faiblesse incarnée. Je lui reproche de participer à cette sorte d'hystérie suicidaire qui a contaminé l'Allemagne de haut en bas, car c'est d'hystérie qu'il s'agit, or je croyais que ces crises étaient le propre des femmes, si bien que je ne vois guère de virilité dans tout cela ; d'ailleurs mon mari est-il un homme si viril ? Il me délaisse et préfère s'occuper de ses chevaux ou rencontrer ses soi-disant amis, des rustres du même genre. La guerre, ils ne pensent qu'à cela pour fuir l'ennui qu'ils infligent à leurs femmes. Tous les vingt ans, il leur faut briser cette routine sur des airs de revanche et désoler les mères dont les ventres ne travaillent plus que pour des mort-nés. Incapables de donner du plaisir à leurs femmes, ils se lancent dans la guerre."

« J'ai haussé les sourcils, désemparé devant cette tentative désespérée d'éclairer un monde qui n'était déjà plus le sien.

« J'ai effectué ensuite un examen clinique très ordinaire qui a révélé qu'elle était à bout. Une bonne trentaine de chambres s'étaient libérées pendant notre discussion. Je n'ai eu aucun mal à la loger seule, dans un angle confortable, au rez-de-chaussée avec vue sur le potager. Quand nous avons eu fini de l'installer, j'ai vu que l'infirmière était impressionnée par cette grande dame qui conservait une élégance peu courante dans ces lieux. Mme Richter s'est alors assise sur une chaise, face au jardin et elle a soupiré avant de me confier : "Trouvez-vous normal qu'on ne désire plus une femme comme moi ? Faut-il que cette guerre aille jusque-là ?" Inutile de vous dire que j'étais un peu gêné mais je lui ai répondu : "Tout est explicable, madame Richter, tout est explicable." Une demi-heure après, on lui avait administré une assez forte dose de sédatif qui lui a permis de dormir quarante-huit heures d'affilée. Le diagnostic n'a pas été long à venir.

« Elle souffrait à l'évidence d'une grave dépression. Qui ne s'arrangeait pas à la vue des autres malades. Elle jouissait d'un régime de faveur, si j'ose m'exprimer ainsi, par le seul effet de sa prestance, mais elle résidait tout de même dans un hôpital psychiatrique. Il s'est créé chez elle un sentiment que je qualifierais d'"attraction/répulsion". L'hôpital lui faisait horreur, mais il était devenu le seul lieu où elle se sentait en sécurité. Les visites n'étaient pas autorisées, mais à plusieurs reprises je lui ai proposé une permission de sortie pour aller voir son mari et sa fille. Elle l'a repoussée, elle avait le vertige de la liberté : elle craignait ses propres réactions. Pourtant, dès cette époque, elle ne présentait plus aucun danger pour la société. La thérapie médicamenteuse avait éradiqué chez elle toute envie de critiquer la nation allemande. Elle ne parlait même plus d'en finir avec la vie, c'était pourtant une obsession qu'elle avait à son arrivée. À la côtoyer ainsi, semaine après semaine, je l'avais cernée comme une... comment dire, connaissez-vous, vous qui êtes français, l'admirable roman de Gustave Flaubert, *Madame Bovary* ?

Louyre opina.

— Voilà, c'était une sorte de madame Bovary qui étouffait dans sa vie de femme mariée. Pourtant l'existence qu'elle avait quittée n'avait pas été facile non plus, si j'en crois ses confidences. Son père avait fait de mauvaises affaires et s'était retrouvé ruiné. Mais c'était un homme cultivé qui avait le goût des belles choses et un don pour la musique. Il lui avait appris le piano. Elle jouait d'ailleurs fort bien. Malheureusement, elle refusait d'interpréter le répertoire classique sous prétexte que l'époque n'était pas à l'harmonie mais à la dissonance. La rencontre de sa fille avec ce gentilhomme campagnard de Richter était pour le moins une aubaine, mais elle disait que l'âme allemande l'ennuyait, qu'elle n'y trouvait que routine et pesanteur, alors que, tenez-vous bien, sa famille était originaire des Sudètes.

« "L'avantage à mener la vie que je mène, m'avait-elle dit un jour, c'est qu'on ne fait plus de différence entre la vie et la mort, et que la perspective du passage de l'un à l'autre ne présente aucun effroi mais la récompense d'une patience méritoire." Pourtant sa vie n'avait rien de rédhibitoire à mon sens, Richter travaillait dur, chantait à la chorale, chassait à l'automne, militait aimablement dans une organisation agricole proche du Parti national-socialiste, que pouvait-elle demander d'autre ? Elle m'a avoué qu'elle s'occupait peu de sa fille qui représentait pour elle une responsabilité insupportable. Mais elle n'était pas capable d'expliquer pourquoi. Sans doute avait-elle le sentiment que cette enfant était par nature son propre prolongement, le prolongement de ce qu'elle ne voulait pas être, d'une vie qu'elle ne voulait pas avoir. Plus le temps passait, plus cette ardeur que je lui avais connue disparaissait, moins je la sentais attachée à l'existence, sans toutefois, il faut être franc, noter de tentation proprement suicidaire au sens du passage à l'acte. Elle a beaucoup perdu de sa beauté en quelques semaines. Elle était presque méconnaissable. Des poches s'étaient formées sous ses yeux. D'ailleurs, avec le temps, j'ai pu remarquer qu'elle n'inspirait plus tout à fait le même respect au personnel qui avait tendance à la considérer comme les autres. Les plus atteints des patients l'aimaient beaucoup. Ils étaient son public. Nous avions, donnant sur les jardins ce que j'appelais une "salle de jeu" où les malades qui en étaient capables pouvaient jouer aux cartes. Bien avant la guerre, la mère d'un psychopathe incurable, pour nous remercier de l'attention portée à son fils, nous avait offert un piano. Il n'était pas rare que Clara Richter s'y installe. Elle y jouait sa musique déconstruite avec une application remarquable. Les plus débiles de nos pensionnaires affluaient alors vers la pièce dans une étrange procession. Il arrivait que certains d'entre eux quittent leur infirmière sans prévenir, juste pour la rejoindre. On les retrouvait assis sur le sol dans des postures étonnantes, ou allongés dans d'étranges contorsions qui témoignaient de la lutte entre leur mal intérieur et l'envoûtement de cette musique moderne, qu'ils étaient peut-être les seuls à percevoir. À plusieurs reprises, j'ai dû faire évacuer la salle. Comme tout l'art moderne, cette musique sous prétexte d'innovation devenait facilement indécente. Faire abstraction de l'harmonie, c'est priver l'autre de référence, l'obliger à un modèle qui n'a pas de sens. Je pouvais le tolérer jusqu'à un certain point. Elle jouait beaucoup de Janáček, ce compositeur tchèque affligeant, mais aussi ses propres inventions. Quand je demandais à une infirmière de la reconduire à sa chambre, elle vitupérait à tue-tête dans les couloirs. Elle s'en prenait souvent à Wagner et à son "Crépuscule des pleutres", "cette musique porte-drapeau des lâches qui veulent mourir en armes car ils n'ont pas le courage de vivre simplement". J'ai fini par lui interdire de jouer car elle revenait de ses prestations en larmes tandis que ses auditeurs montraient des signes d'agitation qui compliquaient infiniment la tâche du personnel soignant. Pour citer Flaubert je dirai qu'au fond "Elle était plus sentimentale qu'artiste, la sérénité coulée au plomb l'incommodait", et j'ajouterai moins prosaïquement que son attrait pour la démence ressemblait à celui des chiens pour ces hautes herbes qui les purgent.

« Elle a échappé à trois convois. L'expert dont je vous ai parlé auparavant m'a d'ailleurs assez lourdement questionné sur son dossier.

Selon lui, elle avait un terrain de schizophrénie qui l'avait conduite à une dépression dont elle aurait du mal à se remettre. En cela, il voyait les signes d'une souffrance incontestable qui devait lui permettre de bénéficier du régime d'euthanasie par faveur. Je lui ai objecté que, par rapport au formulaire, elle ne remplissait pas selon moi tous les critères requis et qu'il était plus sage d'attendre. J'ai bien vu que c'est à moi qu'il accordait une faveur, mais il faut dire que nous n'étions alors qu'au début du programme et que les potentialités de le satisfaire ne manquaient pas. J'ai tenu comme ça jusqu'à la fin du programme, le 24 août 1941.

— Son mari n'a pas cherché à la reprendre avant ? demanda Louyre.

— Si, bien sûr. D'autant plus qu'il avait eu vent comme bien d'autres simples citoyens du programme d'euthanasie par faveur. Les prêtres en faisaient état auprès de leurs ouailles lors de la confession en leur recommandant de se méfier. Richter s'en est ouvert à moi et nous en avons parlé très librement. Je lui ai dit que sa femme n'avait pas la santé mentale pour réintégrer la société mais qu'elle ne risquait rien car elle était sous ma protection. Quand il a su, toujours par l'Église, que sous la pression de cette dernière le programme avait été suspendu, il s'est détendu. Je suis persuadé qu'il était soulagé de la savoir dans cet hôpital car il n'était plus en mesure de s'occuper d'elle, il savait qu'elle avait besoin de soins.

Halfinger s'interrompit par un petit sourire coincé, signe pour lui qu'il était quitte. Les deux hommes s'observèrent un long moment sans rien dire comme si ni l'un ni l'autre n'étaient pressés d'entendre de nouvelles paroles. L'obscurité ne pouvait même pas alléger ce silence, car la lune pleine, à cet instant, caracolait dans un ciel pur.

Le psychiatre s'affaissa sur sa chaise en signe de relâchement.

— Et ensuite ? lança Louyre d'une voix caverneuse.

— Ensuite ? répéta Halfinger. Ensuite, le professeur Schwanz est venu de Berlin pour me rendre visite, dans les premiers jours de septembre 1941. Il m'a redit son amitié et m'a fait part d'une offre d'Himmler qui souhaitait reprendre, pour des opérations plus vastes dont il ne m'a pas précisé la nature, tous ceux qui avaient participé à l'opération d'euthanasie par faveur. Quand je lui ai demandé plus de précisions, il m'a répondu : "Voyez-vous, mon ami, nous sommes confrontés à une situation contradictoire. D'un côté nous avons de nombreux ennemis à éliminer et, quand je dis nombreux, c'est un euphémisme. De l'autre côté, les exécuteurs ordinaires se lassent. Enfin, mais c'est un secret que je vous dis là, il n'est pas exclu qu'un jour nous ne soyons pas amenés à négocier une paix séparée avec les Anglais et les Américains. Les traces laissées par l'élimination de nos ennemis pourraient entacher les négociations avec ces puritains. Nous avons donc un problème et toutes les bonnes volontés sont mobilisées pour le résoudre. L'inconvénient c'est qu'il faut travailler en camp de concentration. De toute façon qu'allez-vous faire une fois que votre hôpital sera complètement vidé ? — Il ne l'est pas, ai-je rétorqué, l'arrêt du programme me laisse quatre-vingt-trois malades sur les bras. — Ah oui, j'allais oublier le plus important, les consignes d'en haut. Officiellement l'euthanasie par faveur est abandonnée. Mais toute latitude est laissée aux directeurs d'institut pour vider par eux-mêmes, selon les méthodes qui leur paraissent les mieux appropriées, les établissements dont ils ont la charge." J'ai été très choqué et je lui ai demandé comment pouvions-nous faire cela matériellement. Il n'était jamais à court d'arguments. "Il vous reste la seringue. Si cela ne vous enchante pas, nous vous aiderons une fois de plus. — Mais comment, puisque officiellement le programme est abandonné ? — D'une façon très naturelle. Nous allons vous couper complètement les vivres. Vos patients s'éteindront par manque de nourriture. Et le citoyen ordinaire qui subit d'immenses privations le comprendra très bien."

Subitement essoufflé, le médecin s'interrompit puis reprit, la voix hachée par un sentiment indéfinissable.

— Nous avons achevé les plus résistants de nos pensionnaires par injection. J'entends ceux dont la force physique leur permettait de résister des semaines aux privations. Les autres sont morts à petit feu mais sans souffrance, j'en suis témoin.

Louyre soupira :

— Et Clara Richter ?

Le psychiatre, pour la première fois de leur entretien, baissa la tête.

— Elle est morte de faim.

Un lourd silence s'installa.

— Pourquoi ? reprit Louyre d'une voix sourde.

Sur le même ton, Halfinger répondit :

— Je ne sais pas, je ne pourrais pas vous l'expliquer. En tout cas elle n'a jamais protesté. Sa voix au timbre si féminin s'est éteinte sans plainte. Il me semble qu'elle a connu un certain confort à se transporter dans cet état intermédiaire qui n'est plus la vie mais pas encore la mort où l'esprit s'allège pour quitter le corps. C'est elle-même qui le disait.

Puis dans un ultime sursaut, il précisa :

— J'ai annoncé à Richter la mort de sa femme. Il ne m'a rien reproché.

Il se leva et se précipita à la fenêtre pour regarder le jardin. Sans se retourner, il ajouta :

— Et voyez-vous, capitaine, je crois que j'aimais cette femme. D'un amour d'une pureté sans égal.

— Où est son corps ? demanda Louyre

— Avec celui des autres.

— Sous ces fameux pommiers plantés au nord.

Le docteur Halfinger acquiesça d'un mouvement imperceptible de la tête.

Louyre ramassa les cigarettes qu'il avait laissées sur la table, en alluma une et, au moment de sortir, il dit :

— À propos, il n'y avait rien, dans les lettres de Richter. Rien sur rien. Dans l'une d'elles, il annonçait à sa fille qu'il allait lui raconter quelque chose à propos de sa mère. Mais il n'en a jamais eu la force.

Il regarda le médecin comme s'il cherchait une réponse que la parole est incapable de formuler. Ce dernier n'osait pas lui faire face.

— Vous allez m'abattre ?

Sans bouger ni cesser de le fixer, Louyre répondit dans un état de lassitude dépassée.

— Parce que vous m'avez menti ?

Halfinger baissa de nouveau la tête.

— Non, je ne crois pas, répondit Louyre.

Le médecin se statufia, le souffle suspendu et comme s'il devait se débarrasser absolument de sa confession, il lâcha avec empressement :

— Si, je vous ai menti. Schwanz n'a jamais existé.

Louyre fit celui qui n'avait pas entendu et d'une voix affectée dont le débit avait la lenteur d'une procession funèbre, il répondit :

— Je ne peux pas abattre un homme de sang-froid. Je ne vois pas très bien ce que vous pouvez attendre de cette vie-là. Selon votre foi, si par hasard elle est encore intacte, vous n'avez rien à attendre de l'au-delà non plus. Je sais que vous avez pratiqué sans croire, alors cela mérite d'être tenté.

— Qu'est-ce qui mérite d'être tenté?

— La mort. Je vous laisse seul juge. Qu'est-ce qui pourrait désormais vous retenir ici-bas, si ce n'est une collection de timbres ou de papillons à compléter?

La concierge apparut dans son champ de vision. Elle marchait vivement et, collé à elle, son fils avançait en claudiquant.

— Pourquoi l'avez-vous épargné celui-là? En échange du silence de sa mère?

Halfinger les regarda disparaître dans la nuit.

— Pour son silence, il suffisait de la tuer. Mais il lui est arrivé de s'offrir à moi, quand mon désir pour Clara Richter était trop vif, et je lui en ai été reconnaissant.

Le silence prit le chemin de l'éternité et, soudain, le médecin ajouta :

— Je pourrais encore vous être utile.

— Et à quoi donc?

— En posant un diagnostic sur la petite. J'ai vu dans la façon que vous aviez de la regarder qu'elle était pour vous un peu comme sa mère pour moi. Elle ne lui ressemble pas, si ce n'est ce regard où la démence intermittente semble battre mieux que son cœur. Elle pourrait être votre croix, vous savez? Et bien pire encore.

Pour toute réponse Louyre se dirigea vers la porte qu'il referma derrière lui.

XXXII

Au matin, quand Louyre rentra à l'appartement ivre d'alcool et de fatigue, Mme Finzi l'attendait derrière la porte.

— J'espère que je n'ai pas mal fait, monsieur l'officier, lui dit-elle confuse, j'ai fait venir le prêtre.

Sans répondre, il se dirigea vers la chambre de Maria. Elle dormait profondément. Le prêtre était assis près d'elle, une croix entre ses mains jointes portées haut devant lui. Il resta dans cette position encore quelques secondes, puis, de guerre lasse, reposa ses mains sur ses genoux. Il se mit à parler bas :

— Une crise de démence. Elle se prend pour l'Immaculée Conception.

Louyre ne dit rien et se contenta de contempler le visage paisible de Maria dans son sommeil. Il se rapprocha d'elle, écarta ses cheveux blonds épars et lui prit la main, sans qu'elle se réveille.

— Et vous savez pourquoi elle dit cela, monsieur l'officier ? Parce qu'elle est enceinte.

Louyre regarda le prêtre dont les yeux étaient fuyants. Ce dernier ajouta :

— Et que comptez-vous faire, monsieur l'officier ?

Louyre prit son temps pour répondre.

— Si je vous la laisse, vous serez obligé de la nourrir avec les fruits poussés sur la tombe de sa mère. Je vais l'emmener loin d'ici.

Le prêtre se montra accablé.

— J'ai fait tout ce que j'ai pu.

— Je n'en doute pas, mon père.

Louyre avait pris sa décision. L'homme carbonisé chez les Richter lui revint en mémoire. Il se dit qu'il ne saurait jamais qui il était, et réalisa qu'au fond de lui-même il n'en avait rien à faire. Mme Finzi qui ne pensait pas hypothéquer sa bonté naturelle par un peu de délation colporta l'information auprès de ses autorités.

XXXIII

À l'état-major, la nuit tombait. On sentait chez les soldats une sorte de quiétude retrouvée. Ces hommes-là n'étaient pas ceux du déshonneur, mais la honte de nombre de leurs semblables flottait comme un deuxième drapeau dont l'ombre portée ternissait leurs uniformes. Louyre attendait depuis une bonne heure d'être reçu, et ne savait pas qu'il lui en restait autant à patienter. La bureaucratie, assoupie le temps des combats, reprenait ses droits inaliénables, et nombre de commis à la paperasse, habillés de neuf, l'uniforme un peu cartonné, gesticulaient de bureau en bureau avec des airs d'importance. De Vichy à Baden-Baden. Comment un pays qui produisait de si grands vins faisait-il pour se ruer dans les villes d'eaux dès que les capitales lui échappaient ? Cette question traversa l'esprit de Louyre parce qu'il ne voulait penser à rien. Il s'y essayait depuis une semaine, conscient toutefois que l'esprit ne peut pas connaître de repos volontaire. Le tableau accroché en face de lui était figuratif à l'excès. Un tel acharnement à reproduire le monde tel qu'il est révélait à ses yeux une profonde inquiétude face au réel. Les nazis avaient proscrit l'art abstrait, il s'en souvenait, probablement par peur de son réalisme. Il alternait les questions et les réponses au tout-venant. Il finit par céder à un demi-sommeil, la tête découverte appuyée contre le mur. Le secrétaire chargé de le conduire à un général de brigade le trouva dans cette position. Louyre encore engourdi, et convaincu que ce général n'avait jamais commandé de brigade en temps de guerre, le salua mollement. C'était un bureau de « deux étoiles », ni plus ni moins. Le colonel qui lui avait rendu visite quelques semaines auparavant se trouvait là. On ne serait pas général si on n'allait pas droit au but avec un subordonné :

— On vous a confié un canton d'importance, pensez-vous que nous avons eu tort ?

Louyre regarda tour à tour les deux paires d'yeux braqués sur lui.

— Je le pense.

Le général s'attendait à une défense active.

— Vous le reconnaissez. Je passe sur l'histoire avec cette gamine qui m'a été rapportée et qui en dit beaucoup sur le civil qui sommeille sous l'uniforme, ainsi que sur la nouvelle concernant ce médecin que vous auriez soi-disant poussé au suicide et qui s'est donné la mort. Pourquoi avons-nous eu tort ?

— N'est pas administrateur qui veut, mon général.

— Bien répondu. Votre souhait?

— Être démobilisé.

— Vos états de service vous y autorisent. Vous serez relevé sous quinzaine. Avant cela, vous me permettez un conseil?

— Je vous en prie.

— Vous devriez consulter.

— Consulter?

Le général tapota son front du bout de son index. Puis il afficha un sourire qui fermait toute discussion.

Louyre lui rendit son sourire en se levant, salua pour la dernière fois de son existence et disparut.

XXXIV

Les yeux fermés, balancé par le rythme ternaire des rails, Louyre repensait au Monte Cassino où les balles traversaient les hommes comme elles traversaient l'air, sans plus de formalités. Monte Cassino qui avait fait de lui un héros aux yeux du monde et de personne. « L'héroïsme, pensa-t-il, est une invention de l'homme pour survivre à l'après-guerre, pour justifier du passage en masse de la vie au néant, le droit reconnu au héros de se croire immortel. Mais cette immortalité-là, à l'échelle du temps, n'est même pas le début du commencement de rien. »

Il n'avait jamais eu peur et se demandait pourquoi. Il n'avait pas songé à implorer Dieu qui n'est que ce que l'homme devrait être mais ce n'était pas assez pour lui. Entre le « sans commencement » et l'infini, il y avait mieux à espérer.

Les pluies de la semaine précédente lui revenaient à l'esprit. Et la crue du fleuve qui avait tout inondé. L'eau malmenée par ceux qui prennent sa souplesse pour de la faiblesse avait montré sa supériorité, l'espace de quelques heures avant de retrouver son lit.

Curieusement, il se dit que ce n'était pas à Monte Cassino qu'il avait joué sa vie, mais tout à l'heure, sur le quai de la gare. Il était encore temps de la laisser, de l'abandonner, pourtant l'idée ne lui avait pas traversé l'esprit. Elle était certainement sa dernière grande aventure humaine.

Son esprit, jaloux de ses premières vacances, vagabondait distraitement. En cherchant dans le décor la ligne d'horizon entachée de constructions humaines, l'idée lui vint que, quoi qu'il advienne, les vivants seraient toujours moins nombreux que les morts. Mais au génocide du temps, qui à chaque génération faisait son œuvre, venait s'ajouter à intervalles réguliers une poussée de fièvre meurtrière. Il venait de réchapper à la dernière et n'en ressentait aucun soulagement. Il fut tenté un instant de reprendre sa divagation préférée, à savoir si, dès l'origine, l'esprit est contenu dans la matière. Mais il renonça.

Maria reposait, sa tête sur l'épaule de Louyre.

La porte du compartiment s'ouvrit sur deux hommes en uniforme. « Papiers s'il vous plaît. » Les voyageurs s'exécutèrent de bonne grâce, débarrassés de la mine inquiète d'un temps désormais révolu. Louyre tendit les deux papiers réunis dans la même main, sans un regard pour les militaires. Celui qui les prit salua ses galons puis, quand il vit les papiers de la jeune fille, il interrogea, surpris : « Allemande ? » L'acquiescement de Louyre lui suffit. Les yeux des autres passagers se braquèrent sur Maria.

L'habitude de ne rien dire fut plus forte que l'émoi. Mais ils ne la quittèrent plus des yeux. Du coin de l'œil il regarda la jeune fille et sourit, rassuré à l'idée qu'elle ne penserait jamais comme tout le monde car il la sentait, entre autres, capable d'une grande lucidité. Le train s'essoufflait, rageur, à monter les premières collines des Ardennes rendues à la France. Maria affichait un visage détendu, celui du calme retrouvé, pour combien de temps, nul ne pouvait le savoir. La nature, derrière la vitre, dans une lumière de crépuscule, se faufilait entre des bâtiments défoncés, sinistre ponctuation qui finissait là où la forêt reprenait ses droits. Louyre la sentait lente à renaître, comme méfiante, et il se dit qu'elle avait raison.

DU MÊME AUTEUR

Aux Éditions Gallimard

HEUREUX COMME DIEU EN FRANCE, 2002. Prix Terre de France — La Vie 2002 (Folio, n° 4019).

LA MALÉDICTION D'EDGAR, 2005 (Folio, n° 4417).

UNE EXÉCUTION ORDINAIRE, 2007 (Folio, n° 4693).

L'INSOMNIE DES ÉTOILES, 2010 (Folio, n° 5387).

Aux Éditions J.-C. Lattès et Presses Pocket

LA CHAMBRE DES OFFICIERS, 1998.

CAMPAGNE ANGLAISE, 2000.

Aux Éditions Flammarion

EN BAS, LES NUAGES, 2009 (Folio n° 5108).

COLLECTION FOLIO

Dernières parutions